永六輔の「誰かとどこかで」

# 北から、南から

永六輔
崎南海子
遠藤泰子
［編］

朝日出版社

# はじめに

やっとというか、〈七円の唄〉の本が第七巻目になりました。

〈七円《なな》の唄〉なのか？

〈七円《しち》の唄〉なのか？

よくお問い合わせをいただくのですが、「なな」というのだったら、ひい・ふう・みい・よう・いつ・むう・なな……でないと「なな」にならない。「しち」というのだったら、いち・に・さん・しい・ご・ろく・しち……という言い方でないと「しち」にならない。これが最近問題になることがあって、特に歌舞伎で襲名したりすると、「なな代目」か「しち代目」かでもめたりします。

音で聞くと「しち」と「いち」というのは聞き間違えやすい。聞き間違えないように「いち」から始まるもので本来は「しち」と言うところ、「しち」と読まずに、「なな」と読むという考え方が放送の世界でもあります。

大事なことは、「伝わる」ということなんですね。

タイトルの読み方が「なな」なのか「しち」なのかという問題と同様に、皆さんからいただいているおはがきを読ませていただく時に、お名前でも、町の名前でも、字をどう読むかという問題があります。

たとえば「町」を「ちょう」と読んだほうがいいのか、「まち」と読んだほうがいいのか。特にこれは南に多いのですが、沖縄から熊本あたりでは、「村」を「むら」じゃなくて「そん」という言い方で読まなくてはいけないところがあります。それぞれそこに住んでいる方は、「町」とか「村」という字に、カナをふるということはありえないので、しばしば我々は読み間違えてしまいます。お名前の読み方にしても、たぶんこう読むんだろうな、と予測して読んでいるケースがとても多いんですね。

で、遠藤泰子さんとよく言っていることに、「すみませんが、カナをふってください」と、放送の中でもお願いをしています。そうすると、難しい字にはカナをふってくださるんですが、「町」とか「村」という文字にはカナをふってくださらない。

この「まえがき」の中でお願いするのはなんですが、ご住所であれ、お名前であれ、ぜひフルネームでカナをふってください。そのことが正しく読めることにつながる。正しい読み方が電波にのる。電波で読み間違えると、電波のほうが正しくなっちゃうケースがあります。

ぜひ、あなたの町のふるさとを守るためにも、あなたの名前の由来を守るためにもルビをふっていただきたい！……と言いながら、この本はルビがふってあるんだろうかと、今、とても気にしているところです。

そういうわけで、七《なな》冊目になりました。
そういうわけで、七《しち》冊目になりました。
（皆さんのお好みのほうでとらえてください。）

二〇〇三年　春

はがきによく似合う唄
はがきが七円の時代に始まって
はがきが五十円の今も
タイトルは値上げをしていません

はがきの値段の変遷

| | |
|---|---|
| 昭和二十三年七月十日 | 二円 |
| 二十六年十一月一日 | 五円 |
| 四十一年七月一日 | 七円 |
| 四十七年二月一日 | 十円 |
| 五十一年一月二十五日 | 二十円 |
| 五十六年一月二十日 | 三十円 |
| 五十六年四月一日 | 四十円 |
| 平成元年四月一日 | 四十一円 |
| 六年一月二十四日 | 五十円 |

# 47都道府県

## 春を待つ町
北海道

## みどり濃い町
青森県
岩手県
宮城県
秋田県
山形県
福島県

## 風が舞う町
茨城県
栃木県
群馬県
埼玉県
千葉県

## 夢の集まる町
東京二十三区

## 家族が待つ町
東京都下
神奈川県

## 街道の町
岐阜県
静岡県
愛知県

## 実り豊かな町
山梨県
長野県
新潟県

## 夕陽が海に沈む町
富山県
石川県
福井県

## 歴史を感じる町
三重県
滋賀県
京都府
大阪府
兵庫県
奈良県
和歌山県

## 朝日がまぶしい町
鳥取県
島根県
岡山県
広島県
山口県

## 海に囲まれた町
徳島県
香川県
愛媛県
高知県

## 春が早く来る町
福岡県
佐賀県
長崎県
熊本県
大分県
宮崎県
鹿児島県
沖縄県

永六輔の「誰かとどこかで」

# 北から、南から

目次

## ◆春を待つ町
### ――北海道



## ◆みどり濃い町
### ――東北

## ◆風が舞う町
### ——北関東



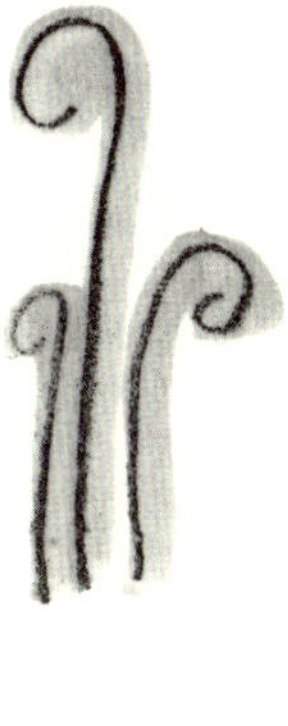

◆夢の集まる町
——東京二十三区



◆家族が待つ町
——南関東

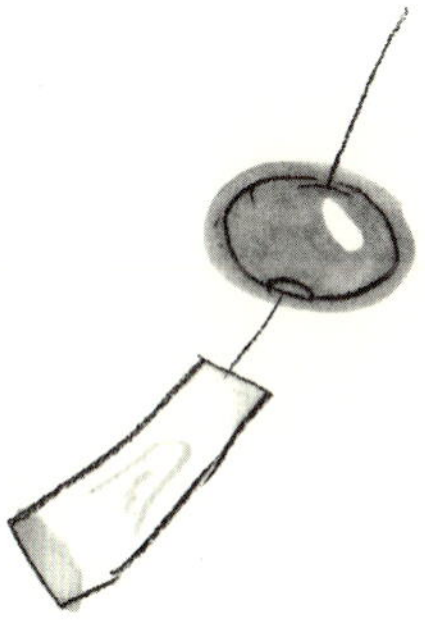

# ◆街道の町 ——東海



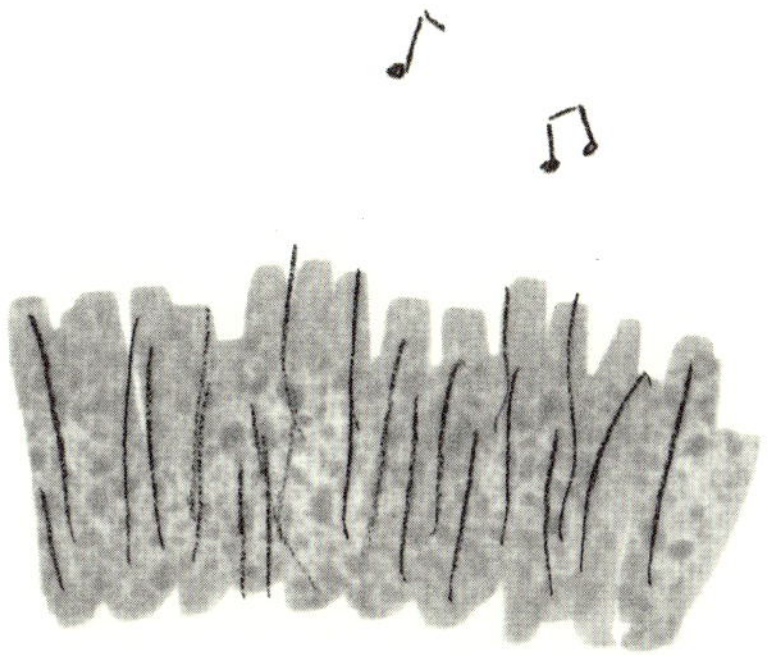

## ◆実り豊かな町

### ——甲信越



## ◆夕陽が海に沈む町

### ——北陸



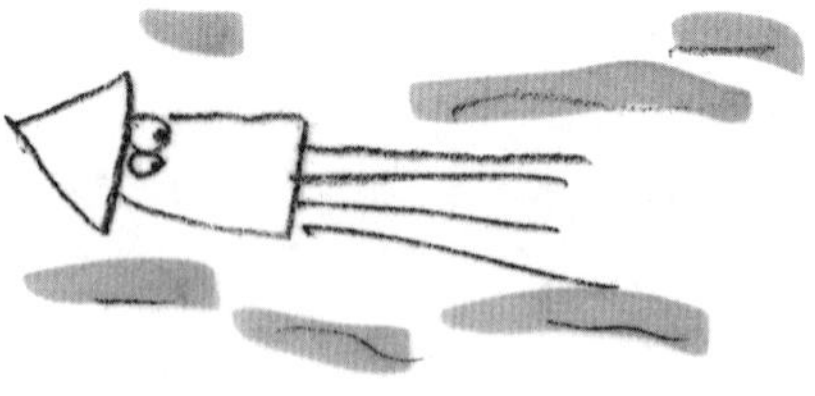

◆

# 歴史を感じる町

## ——近畿

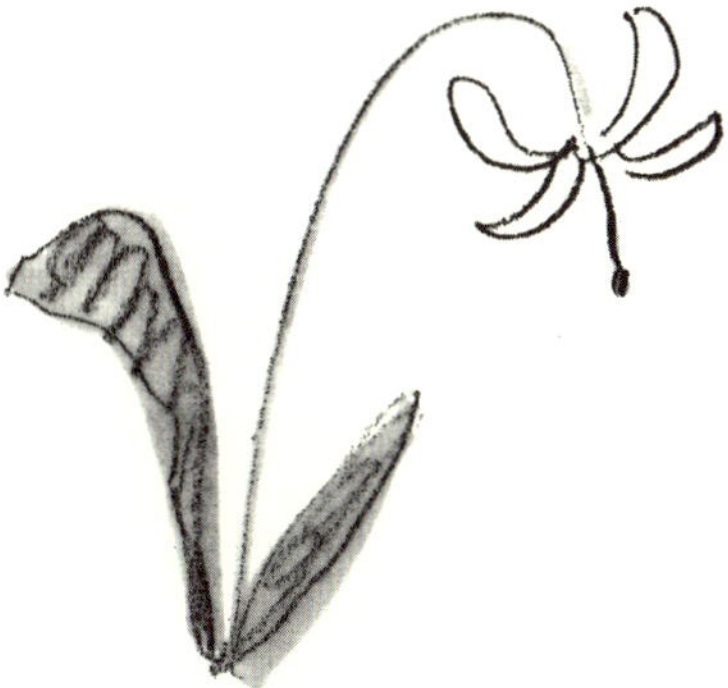

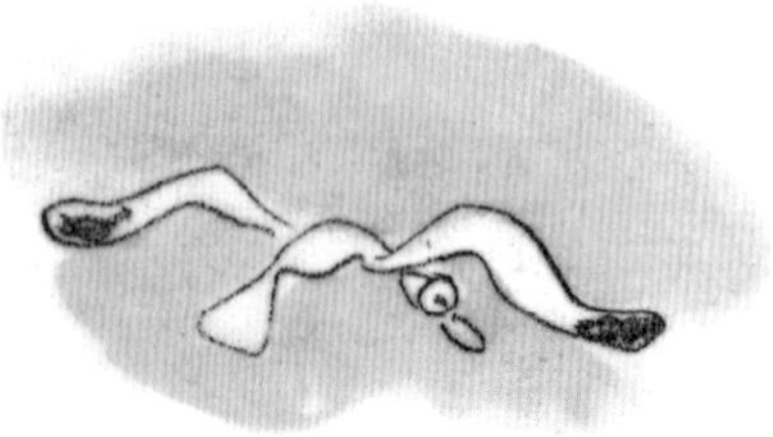

## ◆朝日がまぶしい町
### ——中国



## ◆海に囲まれた町
### ——四国

## ◆春が早く来る町
### ——九州・沖縄

装幀・装画・本文絵――南　伸坊

# 春を待つ町
## ——北海道

なぜ私はここにいるのだろう。私は茹でたての赤い花咲蟹《はなさきがき》を持って、いちめんにふるえる小さな花の草原に立っていた。
釧路《くしろ》湿原の隅にぽつんとあるペンションへ向かう途中、私は果てしなく続く夏の草原の美しさに打たれて、立ち止まったのだ。
なぜ私はこの世界に生まれてきたのだろう。その時、花も、とがった赤い刺のある蟹も私も、ひとつの質問のように、またひとつの答のように、そこにただ存在していた。

——﨑　南海子

# 六輔談話

## 一人の作家と町づくり

北海道のほぼ中央に富良野《ふらの》という町があります。そこに倉本聰《くらもとそう》という脚本家が移住して、「富良野塾」という劇団を持ち、そこをベースにして「北の国から」というテレビドラマをつくったわけです。そのことが富良野の町を変えてしまうんですね。かつてラベンダーとスキーしかないという町だった富良野は、三六五日、観光客が押し寄せる町に変わる。たった一人の作家が移ったというだけで町が変わってしまう。よく変わる面もあるけれど、観光客が増えたことで出てくるマイナス面もある。観光客というのは来ないと困るけれど、来すぎるとさらに困るんです。富良野の町はその中で町づくりをしていて、その町づくりを僕は手伝いに行っています。

同じように町が変わったのが小樽《おたる》です。小樽は、町並みや運河など（実はこれらは全部明治以降のものなんだけれども）、北海道の中の短い歴史をうまく使って、明治以降の遺産を町の魅力にしました。

小樽の町と富良野の町のありかたは、北海道の観光のこれからのポイントになると思います。もちろん樺太《からふと》以北とか、北方領土と呼ばれているところもこれからどう展開していくか分かりませんけれども。

富良野の町に人が集まったのは一人の作家がそこに引っ越しただけのこと。大災害があったとか、自然が大きく変化したとかではなく、人が一人移っただけで町が変わる。富良野が変わると旭川《あさひかわ》が変わり、周辺が変わって、今、札幌《さっぽろ》から函館《はこだて》に至るまで富良野の影響はとても大きいわけです。しかし、それを認めたがらないのも北海道の人。何千年も歴史がある町ならともかく、明治以降という短い歴史の北海道の街なのに、人間、三代も続くともう保守的になっちゃうのかというような思いもあります。

# 玉ねぎくらべ

北海道札幌市　遠藤和子（67歳）

先日、内地より玉ねぎを送ってきました。

北海道の玉ねぎは初夏に、葉が二十五センチメートルから四十センチメートルくらいになり、根元が少しふっくらとして来ています。

この町は、西を見ても東を見ても、玉ねぎ畑で緑色に染まっています。

内地の玉ねぎはサラダにしても甘いのですが、北海道のはチョッと辛いです。

でも、秋を楽しみにしています。

辛いオニオンサラダが大好きなのです。

# 札幌のカルチャーセンターで

北海道札幌市の消印

この春、三人息子の一番下が小学校入学でほっとひと息。思えば専業主婦の私は、三食昼寝に晩酌付きの毎日で、心も体ものびきってしまった。だから、息子たちと夫を前にして「おかあさんも勉強する！」と大宣言。カルチャーセンターの文芸講座を受講することにした。息子たちに「あなたたちも勉強すること」、ここまでは良かったのだが、講座の第一回目に宿題を出された。テーマは「野」。野原の野、野山の野、なんでもいいですよと、講師の先生は優しくおっしゃるのだが、「の」と聞いて私の頭に浮かぶのは、ビールをのむ、酒をのむ、の「飲《の》」だけだ。どうしよう……、包丁を持つ手をペンに持ち替え、白いままの原稿用紙を前にしている私。コーヒーを飲み、猫と遊んで……と気分転換ばかりして、ちっともマス目が埋まりません。

# 余市《よいち》駅で

北海道札幌市　成田接子《せつこ》（66歳）

リンゴのおいしい季節。

戦時中、リンゴの買出しに出かけた母は、余市駅で取締りにあい没収されてしまったそうだ。

係官は「おばさん、買って来たものについてはお金も払えるが、もらって来たものには払えない。食べられるだけここで食べてもいいから」と。

胸いっぱいの母はひと切れも口に出来なかったと。

一昼夜もかけて遠い親戚を訪ね、子供達に食べさせたいと出かけた母の悔しさを、ずいぶん大人になって聞かされた。

リンゴを手にするたびに、今の暮しがいつまでも続くことを祈りたい。

# 仁木町《にきちょう》の食卓

北海道余市郡　桂下洋子《かつらしたようこ》（33歳）

週末は家族でホットプレートを囲みます。
ホットケーキ、やき肉、やきソバ、そして今夜は、お好みやき。
キャベツを千切りする私に、
「エビをむこうか」の主人の声。
「次は長イモをするよ」と大活躍。
具を混ぜてくれるのも主人。
小さな手でチーズをちぎってくれるのは娘。
「ジュー」と静かな音がして、こうばしい香り。
週に一度だけのみんなそろっての夕食。
食欲も話も、はずみます。

# 端野町《たんのちょう》での六年間

北海道常呂郡《ところぐん》　丹羽美和《にわみわ》（37歳）

ひさしぶりにアルバムを開いて見る。
夫と知り合ってからこの町でつづり始めた、まだまだ短い六年間の歴史。
出会った頃、結婚したばかりの頃の写真には目が輝いて楽しそうな私がいる。
それなのに、今はどうだろう。
夫の顔を見れば、いろいろな事にぼやいてばかりでひどいものだ。
もうぼやくのはやめようと決心する。
その二日後、また口にしてしまい、深く後悔のため息がでる。

# 星の降る里

北海道小樽市　小林七実子

秋が深まる季節は、芦別《あしべつ》で見た星空を、思い出します。

空気が冷たくて、りんと澄んでいる晴れの日の夜に見ると、いいみたいです。

肉眼で、こんなに見えるものなのか、と思うくらい見えました。

科学館で見た、プラネタリウムみたいでした。

街の中からは見えません。

「星の降る里、芦別」の看板のある所は、どこも見える場所ではありませんでした。

芦別から富良野へ向かって行く途中の、急に視界の開ける場所があって、そこが星空の一番よく見える所です。

# 知床《しれとこ》めぐり

東京都葛飾区《かつしかく》　髙山《たかやま》れい（67歳）

「ななかまど　赤信号にして　知床の三・四・五湖は　ヒグマの世界」

知床五湖を歩く旅行に参加しましたが、前日にヒグマが出現し、散策出来たのは一湖《いちこ》と二湖《にこ》だけでした。
知床の岬は動物達の場所。人間は、ちょっとだけのぞかせてもらう立場だそうです。
一湖の紅葉と遠い山並に、澄んだ空気の中で大きく深呼吸して帰って来ました。

**知床五湖**　原生林に囲まれてたたずむ幻想的な五つの湖。日本最後のクマの楽園と言われる。

# 季節が変わった日

北海道旭川市　島田康正《やすまさ》（40歳）

朝早くに、知的障害を持つ娘が寝ている私を起こしてカーテンを引っ張り、
「窓の外を見ろ」と「ウンウン」言っている。
月と蝶が大好きな娘なので、昼間の月が出ているのを教えているのだと思い、
「お月様かい?」とカーテンを開けてみると、外は真っ白な雪景色。
「わぁ、まっしろしろだねぇ」と言うと、
娘は満足そうに「ニッコリ」
言葉のない娘に、また季節が変わったのを教えてもらった。

# あだってけれ

北海道千歳市《ちとせし》　川村道子《みちこ》（60歳）

夫と二人の食卓。
もう箸立てはいらなくなったのに、いつも二、三膳が仲間入り。
「さあさ、あだってけれ。まま、くってきたか」
姑は、ちょっと立ち寄った人でも、すうっと茶の間に坐らせてしまう名人。
薪ストーブで炊いたごはんの匂い……
その姑をおくって十三年忌もすぎました。

## 細長い国のお正月

北海道亀田郡《かめだぐん》　磯谷亮子《いそやりょうこ》（58歳）

数年ぶりで東京の娘のところでお正月。雪のないお正月だった。

さて今日は、自宅へ帰って茶の間から外を見る。七草の今日は、雪、雪、雪。

おだやかな太陽の光を受けて、キラキラと輝いています。

屋根からはしずくが落ちて、松林の向こうには函館山の影をくっきり見せて、
青々とした冬の海。白い波間をフェリーがゆっくりと、目的地へ向かって止まっているように進んで行きます。

長い日本の国を、二十四時間の間に実感している自分がいます。

さて、どんど焼きに行っておみくじをひいてきましょうか。今年の運勢を神社に託すのも去年と同じかな。

今年こそもっとゆっくり、自分を見つけようと思う。

## 楽しい雪かけ

北海道旭川市　大泉順子（50歳）

何年かぶりの大雪である。毎日毎日、雪かけに閉口している。もう雪もみたくない。旭川は積雪量は「六メートル何ぼ」と天気予報では発表している。私の友人で外国から旭川に来て二年になる人は、この大雪にたいへん満足しているようである。去年はたいして降らなかったので、雪かけもそれほどできなかった。が、今年は「沢山降ったので私は満足です。私は毎日、楽しく雪かけできました」と言う。それだけで北海道人としては驚いてはいけない。彼女はこの冬の雪を自分なりに計ったという。「今年の雪は二メートルです。」彼女は毎日、三十センチのものさしを持って自宅マンションの前で雪を計ったという。その彼女も雪がとけるように中国北京へ帰っていった。ああ、四月に入ったのに、まだ雪は山のようにある。

# 父のかんじき

北海道旭川市　榎本文子《あやこ》（43歳）

父が雪踏みをしていたら、六十代の女性が足元を見て「まあ、なつかしい」と声をかけてきた。

以前住んでいた炭鉱ほど寒さがすごくはないという旭川に住むことになり、スケートができるのだからとタカをくっていたら、しばれて雪が多い。玄関が南側に面していて花畑などもあったから、かんじきはずいぶん活躍した。父自作のかんじきは、細めの竹を切りそろえて針金で固定し、ゴムホースがつっかけになり、太めのひもで長靴にゆわいてやるもので……。

父は子供の時分から作っているので、いくつめなのか。年季と根気が入っています。

# みどり濃い町
## ——東北

米沢《よねざわ》の町外れの澄んだ夜明けに、私は末摘花《すえつむはな》の物語を思いながら、畑で紅花を摘んだ。花の棘が指をさし、指先は黄に染まった。
紅花染めの織物を、昔ながらにすべてを手の技で作る伝統工芸士は、穴のあいた麦わら帽子に、とんぼを止まらせていた。
「いい水を探し続けて走る車からこの小川の底がきらりと光るのを見ました。それでこの土地を発見したんです。水と太陽と風と紅花が、糸を染めてくれるんです」

——﨑　南海子

# 六輔談話

## 奥の細道の新説

東北六県の最北端に津軽《つがる》があって、その津軽に伊奈《いな》かっぺいという友達がいます。伊奈かっぺいがいつも悔しがるのが、「『奥の細道』は東北六県だと思っている人がいっぱいいる」ということ。実際には松尾芭蕉は青森には来ていないんです。岩手県まで北上していくのに、岩手県から秋田にぬけてしまった。津軽の人は「なんで津軽に来ないんだ。津軽にまで来てくれれば、津軽でいろんなことができたのに」と思うわけです。

僕も旅の人間として不思議に思いますが、北を目指して行ったのならば、やっぱり津軽まで行かないと、旅は終わらないんじゃないかと。

『奥の細道』には出てきませんが、体調を崩したとか、なにかの理由があったのかもしれません。心細くなって、そろそろ帰ろうかなと、岩手県から左に曲がってしまった。

伊奈かっぺいの説によると、岩手までは、たとえば花巻《はなまき》とか一関《いちのせき》とか、あるいは秋田の角館《かくのだて》にしてもそうですけど、都《みやこ》の影響がとても強い町があって、都の影響が強ければ、言葉が通じる。けれども、都の影響の少なかった津軽に向かうと、言葉がだんだんだんだん通じなくなって、心細くなって、言葉が通じる秋田に曲がって行っちゃったんじゃないか、というのです。

東京の学者は言わない説ですよね。でも東北の人たちは思うわけです「南から松尾芭蕉がやって来て、盛岡《もりおか》まで来ているのに、なぜそこから左に曲がっちゃったのか」と。東北側から考えるのと東京側から考えるのでは大きな差があると思います。

僕は、伊奈かっぺいが言う、「松尾芭蕉は言葉が通じなくなって、心細くなって、津軽に行かなかった」という説は正しいと思っています。

# 二度楽しむ

東京都西東京市《にしとうきょうし》　中山文枝《ふみえ》（48歳）

主人が青森に転勤!!
あわただしく、支度のためにいっしょについて行った。
東京は春めくのに、青森は冬の真っ最中。どこを見ても白一色の美しい世界。
雪が大好きな私、アパートの窓から一日中雪を見ていても飽きなかった。

東京に春がきて、桜が散った。
北へ向かう車窓には、次第につぼみの多くなった桜が走ってくる。
青森にも春がきた。二度目のお花見を楽しむことができた。
これからも季節を二度楽しめるのだろう。とても得した気分。
単身赴任は大変だけど、久し振りに二人で向きあう時間を大切にしたい。

# 山のなかの藤

岩手県盛岡市　和田庄司《しょうじ》（67歳）

去年、山で見つけた藤の大樹に咲く花を見ようと、またその山に登りました。近くに熊が出没しているというので、今まで使ったことのないアフガニスタンの牛につける鈴を鳴らしながら、山に入りました。

藤の花は、想像していたようにあたりをおおうように咲いていました。高いところから見おろすと、紫の地に白いこまかい模様を染めた布を広げたようでした。

山のなかにひっそりと咲く藤の花を心ゆくまで眺め、山をくだりました。こんな見事な花を一人で見るのはもったいないので、来年は誰かを誘って見に行こうと思っています。

# 三陸の二人旅

山形県山形市　山口　浩《ひろし》（62歳）

「今年は行けるの？」と妻。

人生のおり返しもとうに過ぎた、合わせて百二十歳の私達。

親の役目もそこそこ終わり、振り出しに戻った二人だけの生活。

来年九十歳になる母を、お墓まいりに来た兄に任せ、予約なし、予定なしで岩手県北部の三陸を車で旅してきた。

谷底を走っている気分になる三陸独特の急な山あい。二〇〇メートルの高さから、いっきに海に落ちこむ断崖。海はどこまでも青く澄み、リアス式海岸らしい様々な形の岩や島。そして海の幸はとびっきり新鮮でおいしかった。

一緒になって二度目の旅行。人生に少しくたびれた私達は、お互いを認識し、慈《いつく》しみ、大自然の感動というオマケ付きの二泊三日でした。

# ばあばの故郷

千葉県野田市《のだし》　桑原芳子《くわばらよしこ》（69歳）

念願だった孫娘との二人旅が、この夏実現。私が病気になった時、幼いながらも懸命に手伝いをしてくれた御褒美の旅。

「じいじやばあばの生まれた盛岡へ行ってみたい」とのこと。

まずは岩山《いわやま》の展望台から市街地を望み、小岩井《こいわい》農場や手作り村で遊び、夜はさんさ踊りを楽しんだ。二泊三日の旅はまたたく間に過ぎていった。

一人っ子の孫には、もてなしてくれた親戚の温かさが忘れられないらしく、「親戚っていいいね」と今もなつかしんでいる。

孫が大きくなったら、そして、私がまだ元気でいたら、今度は啄木《たくぼく》や賢治《けんじ》の記念館を二人で訪れてみたいと希《こいねが》っている。

# かまきり

秋田県秋田市　石川 純子《じゅんこ》（37歳）

夕ごはんの後かたづけをしていると、水道の蛇口に赤ちゃんかまきりが止まっていました。小さいながらも我が身を守るため、両手両足を存分に使い、威嚇《いかく》している姿がとても愛らしく思えました。

ふと窓を見ると、お母さんかまきりなのか、へばりついてこちらをのぞいている様子に、赤ちゃんかまきりもそれに気付いたらしく、じっと見つめていました。

小四の息子が「ママ、早くママのところに行きたいよ」と、虫に代わって赤ちゃんかまきりの気持ちを話しているのに、息子の赤ちゃんの頃を思い出しました。

虫の世界の一コマを垣間見た、十六夜《いざよい》の月の夜でした。

# 蔵王《ざおう》で過ごした青春

茨城県北相馬郡《きたそうまぐん》　薄木博夫《うすきひろお》（64歳）

自分史を書こうとしていたら、故郷蔵王の小、中、高校の通信簿が出てきたのです。戦後間もなく亡くなった母が大事に保管してくれていたのです。中学一、二年は昭和十九、二十年に当たっており、太平洋戦争が連合軍の猛烈な反撃の段階を迎えている時。通信簿の『要登校日数』の欄を見ると、一月も七月も八月も特別の長期休暇。当時は学業そっちのけで、農家に泊まり込みでの農作業の手伝い、モッコを担いでの飛行場作り、蔵王の山中に入り込んで熊笹《くまざさ》の原野を開墾して蕎麦《そば》の種を蒔いたりしておりました。とにかくお国のためにすべてを犠牲にされたのです。

今年もまた夏。あの八月十五日も暑い日でした。今は、落ち着いて勉強できる子供達は幸せであり、羨ましく思います。

# 津軽の昔話

青森県青森市　鎌田ハル（78歳）

津軽の昔っこ、語るよ。

出来秋《できあき》を迎えて小作人や田作りしてる人たちは、地主様や日頃世話になってる人たちへ、なけなしの米で餅を搗《つ》き、お礼として来年もよろしくと挨拶に行くのさ。

嫁に行った娘の家や兄弟の家も訪ねて、孫の顔見て、娘どしてらべと思って、一年の汗を忘れて、楽しい一日を過ごす事の出来る人は幸せ。行きたくても行く事の出来ない人もあったっだ。娘孫たちは、その餅を背負うて配りに来る婆ちゃの顔が、どんなに待ちどおしかったことか。

昭和三十年頃まで、青森駅を賑わした秋餅列車、おべでる人、今いるべがのうー。丸くて直径十糎《センチ》ほどあった餅。ああ、くいてなぁ。

## 滝沢村《たきざわむら》での私の仕事

岩手県岩手郡　佐藤みき子（55歳）

紅《べに》を引く、これから仕事に入るから化粧し、服装を正す。スラックスだったり、スカートだったりする。

外に出る仕事ではない。食事の片づけ、洗濯、掃除、つまり主婦業という仕事を始めるから。それに隣の部屋のベッドで寝起きする夫の世話をするためである。

夫は四十四歳で、脊椎《せきつい》損傷により下半身不随となって十三年目。何度ケンカしたか、腹ばかり立てていた数年間、夫も私を見たくなかっただろう。心を入れかえた。おしゃれをすることにした。気持ちが明るくなった。夫の顔も落ちついた。これが私の仕事だ。きれいになって夫の世話をする。

また今朝も紅をひく。

# はらこめし

宮城県古川市《ふるかわし》　大和《やまと》真里子（26歳）

はらこめしのおいしい季節。

はらこめしと聞くと、おととしの暮に亡くなった父を思い出す。三度目の入院生活を送り、食べる事が唯一の楽しみだった毎日。

外出の許可をもらい、海辺のはらこめしを出す店を三時間もさがしまわり、口にした頃には疲れていたようすだったと母は言っていた。

しだいに食べたい物をのぞむ回数も目に見えて減り、おかゆさえも残す状態になった父に、見舞いの笑顔を見せるのが悲しかったのを思い出す。

あの日のはらこめしを、父はどう味わったのだろう……。

今年、はらこめしを食べながら、私はふっと思った。

たぶん、来年も思い出すことだろう。

# 北国の時計店

秋田県大館市《おおだてし》　吉田一雄《かずお》（67歳）

「エダシカー（おりますか？）」とおばあさん。「エダカー」とおじいさん。四代続いた北国の小さな時計屋だが、跡継ぎの息子は公務員、娘は定職の旦《だん》那《な》に嫁ぎ、ともに男孫二人ずつ。父の年中無休、母の金策の背中を散々見せつけたので、時計屋をやってられないと思ったのだろう。店では、古いゼンマイ時計を「カカアと一緒になったとき、友達から贈られたものだ。オメーどこでねば、直せねーもんな。こうして話コしながらゆっくりできるものなー」と、客の大半は六十以上の老人ばかりだ。因果な商売と思うが、職人稼業から足を洗えないが、仕事に恵まれているしあわせを大切にしたい。

# 八戸の郷土料理

青森県八戸市《はちのへし》　根岸ツネ（63歳）

旧暦の一月に入ったばかり。

この時期、当地方では、「豆しとぎ」と「寒大根」が顔を出す。

豆しとぎは、青豆を、かためにゆで、八分目くらいにつぶし、米の粉と少々の甘味をつけてこね、五センチの幅で十五センチの長さの棒状にした物。一センチの厚さに切って食す。焼くとまた、香ばしい。

寒大根は水でもどし、濃い目の煮干だしで、味噌汁に。

これらを口にしないと本当の春が来ない。

# 秘湯の国へ

静岡県富士市　増田喜美《きみ》（58歳）

厳しい冬の自然の中に身を置きたくて、青春十八キップを片手に夜行列車に乗る。日本海の荒波を左に見てひたすら北へ。田沢湖から雪深い山道を登ると、そこは乳頭《にゅうとう》温泉郷。さっそく、雪に囲まれた露天風呂へ。全身をやわらかく包んでくれる乳白色の湯に、旅の疲れがとけ込んでゆく。翌朝は雪明かりの露天風呂。もうもうと立ち昇る湯気がブナ林に咲いた雪の花をとかす。時折舞う風花《かざばな》とブナの林と温泉と私。ここはまるで別世界。鳴子《なるこ》へ向かう北国の列車はポカポカと暖かく、ゆっくりと移り行く雪景色は、まるで動く立体絵画をみているかのよう。見とれているうちに鳴子温泉に着く。町営の滝の湯は淡い乳白色。身も心もポカポカ気分の私は、自分のためにこけし人形を買った。

# 風が舞う町
## ——北関東

飯田新田《いいだしんでん》と聞くと、私は、大木に囲まれた農家とつやつやのトマトを想う。農薬や化学肥料をいっさい使わないで、お米と野菜をつくり続ける農家の友はいう。

「菜っぱにつく虫は、ひとつひとつ手で取ってつぶす。人間のために、仕方ないことだけど、いろいろと考えさせられることはあるのよ」

我が台所には定期的に箱が届き、大地の匂いをふりまく。キャベツと共に来たミミズは我が庭で暮している。私の体の四分の一は、あの町の大地の栄養でできているにちがいない。

——﨑　南海子

# 六輔談話

## 〝北関東〟という言葉遣い

東北六県に続いて北関東です。

「北関東」という言葉は東京の人が使う言葉なんですね。「関東の北」ですから。けれども、伊奈《いな》かっぺいのいる津軽から見ると、「北関東」と呼ばれる地域は、実は「南東北」なわけです。東北の一番南側にあるという意味で「南東北」。

たとえば北関東の埼玉県の中に浦和《うらわ》という町があって、その浦和周辺に行くと「北浦和《きたうらわ》」「南浦和《みなみうらわ》」「東浦和《ひがしうらわ》」「西浦和《にしうらわ》」「武蔵浦和《むさしうらわ》」「中浦和《なかうらわ》」……なんとか浦和という駅がやたらとあって、どこが浦和なんだかわからなくなったりします。

「北関東」というような言葉遣い、あるいは「南関東」というような言葉遣いは、実は気がつかないうちに東京中心ということになっているということ。それを気づかせてくれるのが、東京以外のところから、東京を見ている人たちなんですね。

「北関東」というと「関東北部」というように受け取ってしまうけれども、必ずしもそうではなくて、それは「東北南部」なんだという考え方。我々はそういうことを大事にしながら地域を分けていかなくてはいけないと思います。もちろんこの番組を関東で聞いていらっしゃる方は「北関東」と聞いただけでイメージがわくのでしょうが、九州で聞いていたり、沖縄で聞いていたりしている方は「北関東」といってもどのへんなのか、どこまでが北関東なのか、わからないいんじゃないでしょうか。

だって「関東の北」といえば東北だって「北関東」なわけですから。

そういう意味で考えると地域の呼び方っていうのは難しいなと思います。

# 尾島町《おじままち》のポスト

群馬県新田郡《にったぐん》　浅井恭代《やすよ》（57歳）

最近、赤い丸形ポストがめっきり少なくなった。私の町の本通り（国道三五四）も、いつの間にか四角のつまらないポストになっていた。

子供が小さい頃、台の石にのって背伸びして入れた赤いポスト。あの愛らしい形のポストを見付けると、今度このポストへ投函しようと思う。

私がよく車で通る街はずれの道沿いに丸いポストがひっそりと立っている。

利用者が少なそうで、ちょっと心配しながら、ポトンとハガキを入れる。

このポストがここにいることを応援したい気持ちで！

そして「知らない間に、四角のポストに変わってしまいませんように」と願いながら！

# 背中越しのハンサム

埼玉県八潮《やしお》市　本保《ほんぼ》美代子（58歳）

仕事を終え、帰宅途中、○○線の電車で吊り革に手をかけ、立っていた。

「失礼します！」と、背中越しに男性の声がして、私はスキップするように道をあけた。

顔は見えなかったけれど、ブラット・ピットかディカプリオか。

それとも、それなりの方？

いいえ、どんな方でもマナーを心得た人はステキです。

その時、疲れた心もやわらぎ、電車を降りて、ひさしぶりにやさしいバイオリン曲のＣＤを買った。

# お墓を守る

栃木県下都賀郡《しもつがぐん》　船戸紀子《ふなとのりこ》（62歳）

母の納骨を済ませた。百ヶ日頃までは毎日のようにお墓に行っていたのに、ここ二週間くらいは行かれなかった。

ひさしぶりに行ってみたら、小石の間からびっしり雑草が生えていた。時間も忘れて取った。

そういえば母がよく「お墓に行って来る」とか、どこからか帰って来た母に「どこに行って来たの」と聞くと「お墓をみて来た」と言っていた。

私もそんなふうに、お墓を守っていくんだろうと思った。

# 家が一番

埼玉県深谷市《ふかやし》　久保田一義《かずよし》（72歳）

車で一時間くらいの所に住む三男が水辺公園祭で太鼓を叩き、孫も踊るので見るようにと迎えに来てくれた。

一泊して目が覚めると、雨が降って中止。練習したのに残念だろうが仕方ない。内心はお祭もよいが疲れるので、孫とゆっくり遊べてよかったと思った。

そして家へ帰り「ああ、家が一番いいや」とつぶやいた。

考えてみると、母が妹の所へ「行きたい、行きたい」と言って、意外に早く帰ってきて「ああ、家が一番よい」と言っていた。あの頃「母はあんな事を言って」と思ったが、自分が言うようになってしまった。

妻に話すと、やはり「家がよい」と笑って居た。老いは奥が深く、老人の心境は老いないと判《わか》らない。母を思い出し、母を恋しく思った。

# 東前町《とうまえちょう》のノラ猫

茨城県水戸市《みとし》　東《ひがし》小川《おがわ》都美代《とみよ》（77歳）

私、七十七歳。ねずみ年生まれ。猫が大好き。

真っ黒のノラ猫がすみついた。私はクロと呼ぶ。クロは自分の名が分からないから、呼んでも分からない。

やはり猫好きの息子が言ふ。「お母さんが可愛いがるから、クロの目がやさしくなったよ」と。

私がクロを「飼ひ猫」として可愛がり、独り暮らしの慰めになったらいいと息子が思ってることは判る。でも、十八年もゐた猫の死をみて、そのショックから抜け出せない私。

クロは「このおばあちゃんに可愛がられてる」のは知ってゐるようだ。

やはり、私はクロをノラ猫と言っている。

# 故郷の杉林は

東京都足立区《あだちく》　益子《ましこ》　勲《いさお》（56歳）

都会に出て三十数年。ずっと気になっていた故郷。思いきって見に行った。僕の子供の頃、祖父は炭を焼いてた。祖母と二人で楢《なら》や櫟《くぬぎ》を切り倒した。水切れ具合を見て窯に詰める。時々手伝いをした。祖父と祖母が、狭い窯の中に体を丸めて薪を詰める姿は、子供にも大変さが分かった。窯は一週間燻《もや》す。窯の冷めるのを待って炭を取り出す。祖父は褌《ふんどし》一つで全身汗まみれの作業だ。炭と炭が時々ぶつかり、キーンと鳴る音で出来具合を確かめた。そのあとの山に家族で杉苗を植えた。見事な杉苗は、子供ながらに誇らしかった。休憩の時の祖父の言葉「五十年後がみものだな」。いい山、いい杉林になったとずっと思ってた。しかし、杉は伐採され、ブルドーザーが斜面を削り、ゴルフ場に化けていた。

# 見えてきた風景

埼玉県上尾市《あげおし》の消印

親の目から見ても、肩に力がはいりすぎたり、深く悩みすぎたりしていた十九歳の娘が、とうとう自分の中で問題を解決できなくなり、心を病んでしまいました。

本人が「環境を変えたい」と言いだして入院した時、目の前が真っ暗になりました。

娘に洗濯物を届け、家族のアレコレを伝えたいと病院に通う日々。一カ月を過ぎたころ、往復二時間を超える運転にも慣れはじめ、道中の看板や風景を楽しむ余裕がでてきました。

そして先日、帰りに「大宅壮一文庫埼玉分館」に立ち寄りました。

その存在は知っていても、日々の暮らしには直接関係もなく、訪れることなど、思いもよりませんでしたが、娘の入院が機会を与えてくれました。

娘が大学をやめてから、自宅での二人きりの時間は「閉塞」以外のなにものでもありませんでした。この入院は、娘にも私にも目に見えない色々なものを与えてくれました。

来週、娘は退院します。

**大宅壮一文庫**　日本のジャーナリズムの巨人といわれた大宅壮一氏が独自に行っていたデータベースをもとに雑誌収集を行っている日本最大の雑誌専門図書館。

## 足利《あしかが》まで三十八キロ

茨城県古河市《こがし》　大場光一《おおばこういち》（51歳）

三年半前、胆のう摘出手術を受けた時、あまりの石の多さに二ヶ月入院。あの時、見舞いの友人や掃除の人を見て、歩けるって凄いことなんだなとベッドの上から思っていた。

その後順調に回復、医師の勧めで夕食後に歩くことにして、毎日四〜五キロ歩いてきた。たまには遠くまで歩いてみようと、古河から生まれ故郷の足利まで三十八キロを歩いた。朝十時に家を出て、夕方五時少し前に目的地の健康ランドに着いた。足の裏はちょっと痛かったけれど大汗をかいていたので、これほど風呂が気持ち良いとは思ってもみなかった。

人間やれば出来るということを五十一歳にして実感。歩くということも、たまには必要だと思った。いろんな小さな発見ができたからである。

# あいさつの違い

埼玉県坂戸市《さかどし》　小澤《おざわ》ツチノ（67歳）

離れて住む娘親子が、時々わが家に泊まりにやって来る。

ところが、玄関で開口一番のあいさつの言葉が親子で違う。娘は「ただ今」と云い、孫達は「こんにちは、おじゃまします」とあいさつを云う。

最初は、いくらおおざっぱな心の持主の私でも少々違和感があったが、よくよく考えてこのあいさつが正しいと納得した。

確かに娘はこの家で生まれたので「ただ今」が正解。孫達が「ただ今」と云えるのは今住んでいる自分の家だけなのだ。

ふだん私は、娘も孫もごっちゃに考えていた部分がある。人間、たとえ親しい人達といえども、それぞれの立場や人格を認識して、つき合っていく必要を痛感した次第である。

# 伝えられていくもの

埼玉県東松山市《ひがしまつやまし》　山下欣子《よしこ》（64歳）

二週間程、息子家族に世話になりました。

私がこの家に嫁いできた頃の話です。朝食はやき魚でした。義父が骨をとり、身をきれいにほぐしてくれました。驚きと感動でした。

現在は夫と二人だけの生活です。当然の事のように私はどっぷり座って待っています。やき魚をきれいに夫がほぐしてくれるのです。

この度は息子の家の朝食。すっかり受け継いで息子が皆の分をほぐしています。私の分まで。

じいちゃんが蒔いてくれた種が、すっかり根付いていたのを初めて知りました。小学生の二人の孫息子に、今、期待してます。

## 彩《さい》の国の会席料理

埼玉県大里郡《おおさとぐん》　吉野しげ子（55歳）

ひさしぶりに感激しました。それは我が夫、定年退職後に、料理学校に通いおよそ半年、文化祭の料理製作発表でなんと知事賞をもらったのです。大根の千切りから練習していた人が賞だなんて、びっくり。それは地元野菜と茸《きのこ》のおもてなしの会席料理でした。おさらにして十二種類もあり、きれいに飾りました。不器用だからこそ、時間をかけてていねいに作ったのが評価されたのでしょう。ちなみに一番苦労をしたのは、前菜の一つで秋刀魚《さんま》の緑揚げ。何回、失敗作を食べた事か。それからステキな和紙に料理の献立表を作ったのがよかったかなーと本人が言っていました。人生、年をとってもまだまだ楽しい事もあるのだと思う、今日このごろです。

# 燻製《くんせい》の季節

栃木県下都賀郡　青木圭子《けいこ》（46歳）

庭の大きな箱から、また今年も、もくもく煙りが出始めました。

我家の冬の手仕事、十二月から二月にかけて、燻製作りが始まりました。

ニジマス、ヤマメ、イワナ……、父と主人で釣った魚と、タイム、セージなど私が育てているハーブを使って作り始めます。

一週間ほど手掛けて仕上げます。煙りの匂いで出来上がりがわかる主人。

今日もまた、我家の軒下には次の魚がのれんのようにずらり五十匹さがっています。

# 狭山の雪だるま

埼玉県狭山市《さやまし》　堀越信江《ほりこしのぶえ》（56歳）

ガラス戸を開けて庭先を見た二歳の孫娘、大きな声で、

「だれ、雪だるまおそうじしたのは」

昨夜降った雪も朝方からの激しい雨にすっかりとけてなくなっていた。

「雨さんがそうじしたのよ」と私。

そばで夫が、

「そうか、雪だるま消えちゃったのか」

いつも「うん」としか言わない夫なのに。

# 堀《ほり》之《の》下町《したまち》のおんぶ

群馬県前橋市《まえばしし》　後藤千春《ちはる》（37歳）

「ゆきちゃん熱があります。お迎えにこられますか？」

娘の通う保育園から電話があった。

すぐに車でかけつけた。熱のある娘を背おい車へと向かう。熱があるのに、

なぜかうれしそうに背中にへばりつく娘。

そういえば、私にも同じような事があったっけ。

三十数年前、熱が出ていると有線で連絡を受けた母は、自転車で保育園にかけつけると、乗ってきた自転車をそのままに、私を背おい、家へと向かった。ほこりが舞い上がるバラス（じゃり）道。その上に緑あざやかなブドウ棚。そのすき間から見えた空の青かったこと。なつかしく、あざやかに思い出した。

娘の熱が下がるまで、母の私への思いも体験した。

# 成長する町

埼玉県南埼玉郡《みなみさいたまぐん》　田中てる子（53歳）

私、この町に来て二十数年。

最初の十年は、親類の家に借家住まいをし、やっとマイホームを建てて十五年が過ぎました。

当時、ご近所は四軒ほどで寂しいくらいでした。鳥の声に目覚め、北風の冷たさにも慣れて「住めば都とはこういうものか」と、つくづく思います。

やがて一軒増え、二軒増え、今年は十軒となり、住宅地へと変貌。

さて、どんな方が引っ越されてくるのか。楽しみでもあり、少々不安でもある今日この頃です。

# 夢の集まる町
## ——東京二十三区

風があると思えない日に、ひたいに天使の衣がふれたような風を感じることがある。

大都会、東京にも、たえずそんな風が吹いていた昔があったと、その人は言った。

尖ったビル風や乱れ吹く風ではない、風。木の家の雨戸や窓は、時々ごとんと鳴り、どの家にも風の通りぬけていく〈風の道〉があった。

現在、その人は、息子夫婦と一緒に密閉された暖かいマンションに暮している。でも夜ねむる時、その人の窓は少しあいている。

——﨑 南海子

# 六輔談話

## 封建時代の遺物

東京には真ん中に宮城《きゅうじょう》があります。宮城周辺が山の手で、東京湾に面しているほうが下町という言い方で分けていますけど、一番の中心になっている宮城が環状道路の一号です。東京はその環状道路が、環六《かんろく》・環七《かんなな》・環八《かんぱち》……とつらなってできています。東京の真ん中の宮城周辺を御朱《ごしゅ》の内《うち》と言って、それが「江戸」だったわけです。

新宿も、今では東京二十三区の中にもちろん入っていますけれど、本当は半蔵門《はんぞうもん》から出発して、四谷《よつや》ですでに「江戸」ではないわけですね。四谷を出た最初の宿場に、新しい宿場を作って、それが新しい宿で、「新宿《しんじゅく》」。だから本来は、新宿にしろ、渋谷《しぶや》にしろ、山手線沿線というのは、昔で言えば、郡です。その郡部を環状で走らせたのが山手線です。

しばしば、大きさを表す時に、山手線がいくつ入るとか、山手線何個分の広さだとか、ニュースなどでも言いますけれど、この山手線がどういう円を描いているのか、知っている人は少ないんじゃないでしょうか。九州や北海道でそれを聞いている人には全然分からないと僕は思うんですね。

ここのところ不景気なせいかホームレスがとても多い。ホームレスにもエリート意識というのがあって、宮城に近い日比谷《ひびや》公園のホームレスが一番偉いというこの中央志向。

まずはお城があって、その周辺に城下町、あるいは上屋敷があって、下屋敷のほうに行くとダウンタウンである下町があって……と。東京二十三区はまさに「封建時代の遺跡」なんだということを我々は頭に入れておかなくてはいけないと思います。

# 副都心の小学校

東京都中野区《なかのく》　小西三千子《こにしみちこ》（48歳）

満開の桜が雨にうたれ、新一年生が黄色の帽子に、ランドセルカバーをつけ、校門を入っていく。

東京から小学校がどんどんなくなっていくのをみるにつけ、三部授業でコッペパンをかじりながら、窓から鈴なりになって、授業が終わるのをのぞきこんだ、小学生時代を想い出す。校舎のガラスはほとんどやぶれ、机も椅子も足りない中で、上級生からもらった教科書を大事にズックのランドセルに入れ、一時間もかけて歩いた小学校。

その小学校に、今年は新入生がたった四十三名。都庁が引っ越して来て、土地が高騰。住めない街になった。

# 裸足で東京の道

東京都品川区《しながわく》　伊藤秀雄《ひでお》（45歳）

気に入りの靴を買った。

ぽかぽか陽気の日曜日、その靴をはいて、いつも電車で通っているスポーツクラブまで、妻と一緒に歩いてみた。

途中で両足の小指が痛んできた。妻にきいたら「いいんじゃない」と言うので、靴を脱いで裸足で歩いてみた。アスファルトの地面があったかくて気持ちいい。砂利質の鋪道は、でこぼこが良い足裏マッサージになる。丁寧に着地すればそれほど痛くもない。約一キロを裸足で歩いた。

それから二日後、足裏に筋肉痛が出た。十キロをジョギングしてもこんなことはないのに。それにしても気持ちよかった。近所も裸足で歩いてみたい。

もしかして恥ずかしいことでしょうか？

# 下町の風景

東京都江東区《こうとうく》　鞭目《むちめ》いね（72歳）

毎朝、目覚めの幸せ。

六人家族がそれぞれ学校へ、会社へと朝のラッシュ。洗面所、トイレなどのジャマにならないように、自室の窓ぎわで椅子にかけて、ラジオを聞きながら二階の窓から外を眺めます。

おむかいの娘さん（五十歳くらい）が毎朝、米のとぎ汁を洗い桶に入れて出て来て、玄関わきの花だんに水をやる姿、なつかしく毎日楽しみに見て居ります。

下町の風景。なつかしいですね。

# 手摺り千代紙の店

東京都練馬区《ねりまく》　森　真由美《まゆみ》（52歳）

先日下町散策の途中で、江戸千代紙の専門店を見つけて入って驚いた。大判の千代紙は、下は百円から上は芸術品とも言えるかなり高価なものまで、五十種類以上並んでいる。色彩と柄の美しさに魅せられ、江戸時代の人の美意識にロマンを感じた。

「応接間のインテリアに飾ったらおもしろいよ」と夫が言うので、友人にプレゼントするものも含めて何枚か買いもとめた。

帰宅し、「あやめ」「かにぼたん」「秋草」の三枚を飾ったところ、何とも言えない程、心地良い安らぎの部屋になった。ながめていると江戸時代の人々の粋や風情が伝わって来る。

「せちがらい世に　いせ辰の　江戸の華」

# 粋な夏

東京都目黒区《めぐろく》　稲川《いながわ》　守《まもる》（57歳）

夜中に目をさます　暑い
車の音もしない　静かな土曜日の朝
蝉《せみ》が鳴くとつゆが明けるそうな
私はゴロゴロ様がなると梅雨《つゆ》明けとおぼえていたけど
赤とんぼを一匹見つけた　朝顔の棒の先にそっとゆびを近づける
トンボの目と私の目が合ってしまって　なんだかドキドキする
入谷の朝顔市で買ってきたのだろう
朝顔の鉢植を持っている人を　電車の中で二人見かけた
浅草のほうづき市も終わって　東京は　もう　夏

# 不況

東京都世田谷区《せたがやく》　飯塚健太郎《いいづかけんたろう》（67歳）

八年たちました。
やっとラジオを聞くゆとりもでてきました。
思いもかけぬ出来事から、アッというまの倒産。
何もかも失いました。これで私の未来もなくなってしまった。
悲しくて死をも考えました。
でも本当に悲しいのは、私の過去がなくなってしまったことだと知りました。
八年たちました。
毎日、一生懸命あたらしい過去をつくっています。
生きていてよかったのです。

# 人込みをぬけて

埼玉県新座市《にいざし》　柳沢三枝子《やなぎさわみえこ》（45歳）

都内のデパートで開かれている美術展に思いきって出掛けました。

いつも連れて歩いた子供も大きくなり、何となくひとりでは心細い思いで、
地下鉄のにぶい音にただひとり顔をひきしめ、矢印たよりの乗りかえにもドキドキ。足早にすれちがう人々に迷惑をかけないようによけて、やっとつきました。

美術展をゆっくり見て回ったあとは、目の保養にデパートの中をひとまわり。

遠出は少し疲れたけれど、久し振りの社会勉強でした。

# 江戸川区のぬかみそ

東京都江戸川区《えどがわく》　平野　栄《さかえ》（54歳）

電話が鳴って受話器を取ると何カ月ぶりかで息子の声。しかしその声は、「元気か」の問いかけもさえぎるように「お母さん居る?」。「何だった?」受話器を置いた妻に聞くと、「今度の日曜日に行くから、ぬかみそを漬けておいてですって」。「たったそれだけか」言いながら、ぬかみその一言に妻と息子の絆《きずな》を感じ、何故かホッとしたひと時でした。

# 私と私

東京都練馬区　鈴木ヒサ子（61歳）

「ただいま」と私
「お帰り、疲れたでしょ」と私
「うん、疲れた」と私
「お茶、飲む」と私
「うん、飲む、飲む」と大喜びの私
「おいしい？」と私
「おいしい‼　ありがとう」と私
一人暮らしの私と私との会話です。

# ゆりかもめに乗って

東京都東大和市《ひがしやまとし》　清水君子《きみこ》（57歳）

心に北風が沁《し》みた日。ふと「日本科学未来館」まで足を伸ばした。宇宙船から見た地球の映像。青くてガラス玉のような地球。人間の一生なんて星のまたたき。くよくよしてた事など、どうでも良くなった。何だか元気になってた帰り道。お台場の海がきれい。「ゆりかもめ」の奥の座席から首を伸ばして外を見ていたら、窓際の席を教えてくれた初老の男性。ずっと居眠りしている。この人も疲れているのかな。改札口でその人と肩が並んだ時、思い切って声をかけた。「今日、さぼって未来館に行ったんです。宇宙から地球を見たら、疲れ取れました。さよなら！」

変なおばさんと思われたかな。

# 家族が待つ町
## ——南関東

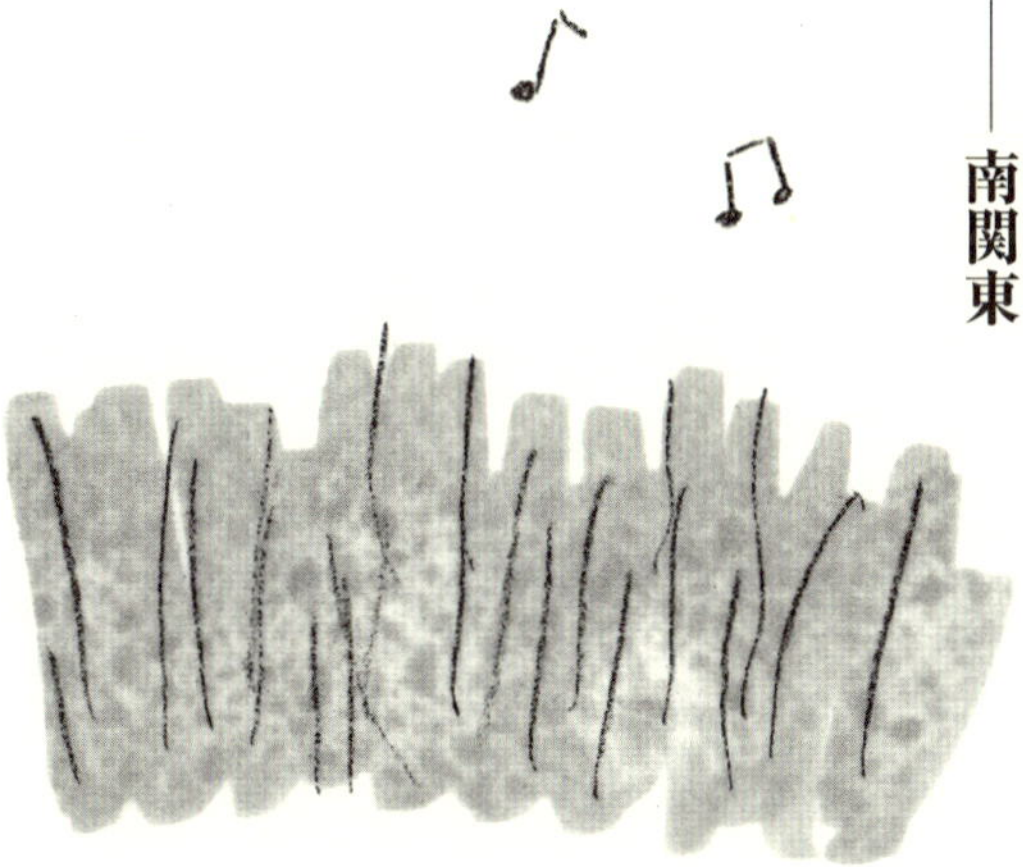

高尾山の五五六メートルを、ボランティアの花の案内人の後について登る。葉の上に花を乗せた〝花筏《はないかだ》〟。緑の葉の半分が美しい白色に変化する〝半夏《はんげ》生《しょう》〟。さまざまな木や草に立ち止まりながら登る。

「どの旅人にもすべてを見せたいけれど、さりげない顔で見学にきて、あとでごっそりと盗んでいく人がいて困っています。貴重な野草の場所は、案内人だけの秘密」

その夜〝邯鄲《かんたん》〟の鳴くのを聞いた。鈴虫より力強く、闇の深くに響く音色だった。

——﨑　南海子

## 六輔談話

### あの島も南関東

「北関東」について言いましたように、「北関東」は言い方を変えれば「南東北」です。それと同じことで、「南関東」というのは言い方を変えれば「北東海」だという言い方もできちゃうんですね。

さて、その「南関東」です。

これは、東京都と長崎県の問題ですが、東京都と長崎県には離島を管轄するという一面があります。

たとえば壱岐《いき》、対馬《つしま》は全部長崎県。同じように、伊豆《いず》七島《しちとう》も八丈島《はちじょうじま》も全部、東京都なわけなんですね。東京都、都知事の管轄になる。

もちろんこの番組は、島からもおはがきをいただくことがあります。伊豆七島、あるいは八丈島、さらには鳥島《とりしま》まで全部東京都。大島《おおしま》ももちろんそうですし、東京湾の中にもお台場《だいば》のようなかつての島があります。

「南関東」という言い方をすると、島を忘れちゃうというところがありますが、あの島々も「南関東」なんだなと考えてください。

特にラジオの場合でいうと、電波っていうのは障害物がなければ届くわけで、島で聞いていらっしゃる方もいっぱいいらっしゃる。島のラジオというのは、東京のラジオも聞こえますけれど、そこでは、世界のラジオが聞こえてくる場合があります。八丈島で聞いていますと、フィリピンの放送ですとか、あるいはオーストラリアの放送はもちろん、アメリカの放送も聞こえてくる。

地図の上で分けられない、電波の地図がもうひとつあるということを痛感するのが島のラジオです。

## 新町《しんまち》で聞こえるピアノ

東京都青梅市《おうめし》　鳥居昌子《とりいまさこ》（57歳）

外は雨です。
今度、新しく引っ越されて来たお隣さんから、今、ピアノの音が聞こえてます。
奥さまでしょうか。
「あっ、モーツァルトだ」
「今度はショパンだわ」と、クラシック好きの私は曲を当てて喜んでます。
雨で暗い気持を吹き飛ばしてくれてるようです。
午後は、小さいお嬢さんの昨日と同じ「ちょうちょ、ちょうちょ」かな？

# 古都の花嫁

神奈川県大和市《やまとし》　柏木康子《かしわぎやすこ》（52歳）

晴れわたった日に、古都鎌倉の鶴岡八幡宮で、娘が結婚式を挙げた。高校時代から十年間の付合いでのゴールである。参道を行く方々が綿帽子の花嫁に拍手を贈り「お幸せになってね」と温かい言葉で祝ってくださった。

娘にとってこれまでいろいろ迷い、人生の選択に悩んだ時もあったようだが、神前での誓いと共に、多くの人々の祝福が、新たな門出に大きな力をくれたようで、親として嬉しかった。

# 横浜の銭湯

神奈川県横浜市《よこはまし》　伊藤清子《きよこ》（66歳）

近所の銭湯がこの秋で廃業した。

戦後五十年余りの営業で建物は古くなり、経営者も老い、後継者はなし。常連客も年々少なくなり、立ち退いたとか。

コーヒー色の天然温泉。柱、梁《はり》はしっかりした欅《けやき》材。欄間《らんま》の彫刻も立派だった由。宮大工の造った入口の屋根など立派で見事な形でした。

十月に大型機械が入り、煙突一本の撤去作業を残すだけにして、ほかは跡形も無くなりました。七階建マンション建築予定だそうです。

私はお風呂屋さんを見下ろす処に二年近く住みながら、内湯があるため、お風呂屋さんの屋号も知らないことに気づきました。

# あざみ野の田んぼ

神奈川県横浜市　萩澤宏行《はぎさわひろゆき》（45歳）

ああよかった
今年も田んぼに水がはられた
毎年　稲の収穫が終わると
来年は　どうなるのかといつも思っていた
まわりがどんどん宅地化されていくなかで
この付近の田んぼだけが健在だ
お米の種類はなんでもいい
コシヒカリ　ササニシキ　アキタコマチ
どれでもいい
田んぼさえ　残っていれば……

# 短いレシート

神奈川県相模原市《さがみはらし》　島田千鶴子《ちづこ》（52歳）

「ありがとうございました」長さ五センチほどのレシートを受けとった。わが家は三人家族。主人と社会人となった息子は、外食の機会が増し、私ひとりでの夕食。当然、受けとるレシートは短くなった。以前は買物も沢山あり、器に盛られた品々は彩りよく、テーブルが賑やいだものだった。冬の寒い午後、今日も短いレシートを見ていたら、何かに襲われそうな心の空きを感じ、思わず握り締めてしまった。これがシルバー世帯の入口かなと不思議な気分。〝短い〟ことは反対に、私の自由時間が長くなったことになる。帰り道、自然に笑みがこぼれてくるのがわかった。まだかまだかと、この日を待ち焦がれていたような、いやそうでもないような複雑な気分。とにかくこの時を有効に生かし、自分の目標にむかって楽しもう。

# 田尻町《たじりちょう》の一年生

神奈川県川崎市《かわさきし》　山田輝世《てるよ》（61歳）

窓辺のシクラメンの隣りでヒヤシンスは、良い香りを放ち満開です。今年は習いたいと思っていた習字の通信教育を受けようと申し込みました。お手本と道具一式が届き、さっそく筆を持ち書いてみました。立派な一年生です。

一回目の作品を提出し、添削されて戻ってくるのを今日か、明日かと待つ毎日。一週間が経ち、添削された作品が手元に届きました。ドキドキしながら開封すると、「堂々とした運筆です。素直な書き振りに好感が持てます。今後が期待されます」と。

いくつになってもほめられることはうれしいものですね。

# バザーの帰り道

神奈川県横浜市の消印

「私、あと十年したら、あの子から自由になりたいと思ってるんだ。もうあの子、その時は三十八歳になるんだもん」と私は障害者の授産所のバザーの帰り、お母さんたちとお茶をのみながら話しました。皆、軽い知的障害を持っている子供のお母さんです。

「えッ、そんなにもしばられているの?」と十九歳の息子さんのお母さん。

「そうよ。私たち親も疲れてきたわよ。小さい時から、いじめ、好奇な目と、色々なことと戦ってきたんだもん。もっと早く自由に、私はなるわよ」と二十五歳の息子さんのお母さん。

「本当ね、でもどうやったら?」皆、ため息をつきました。

## 鵠沼海岸《くげぬまかいがん》の猫

神奈川県藤沢市《ふじさわし》　駒崎剛久《こまざきたけひさ》（63歳）

三十娘が嫁いで行った
「猫好きの彼を捜すからね　一緒に行こうね」と
猫に云っていた
願いは叶わず
炬燵《こたつ》櫓《やぐら》のテーブルと
玄関のキャプテン猫の絵の額を外して持って
「ごめんね」と猫の頭を叩いて
出て行った
猫は娘のベッドで
今日も不貞寝《ふてね》を続けている

# 武蔵野を歩く

東京都三鷹市　桑田弘子

今日はどのコースにしましょうか？

洗濯、掃除を終えた後、決まったように私の口から出る言葉です。

定年退職した主人の太めだった体格は、日毎に増すばかりで、ＡＢＣＤＥＦの散歩のコース。短い距離、長い距離、その日の疲れや気分に合ったコースを選ぶ。夏は、涼しい風の心地良さを味わいながら夜道の散歩。夜風が冷たくなったら、陽ざしを求めての散歩へと変わる。

車がスピードを競い合う大通りから、ひと辻入るとまだまだ武蔵野台地の面影が残っている。日々に色づく木々の美しさ、ドングリ拾い、ギンナン拾いと思わぬ自然の贈り物に、つい童心にかえる。今日はＤコース。「深大寺《じんだいじ》」様にお参りした。我が家の守り神であるご主人様にも心の中で手を合わせながら。

# 川崎の今

東京都北区《きたく》　山岸千代春《ちよはる》（45歳）

秋晴れの空の下、誰もいない護岸にそっと一人、釣糸を垂れる。

遠く東京湾を横断する貨物船や漁船が、陽炎《かげろう》の中に浮かんでは消えて行く。

こうしてぼーっとしている時が一番気の休まる時だ。

突然、頭上をかすめるようにして飛び立つジェット旅客機……。ここは羽田飛行場が近くにある。

コツ、コツと竿《さお》先が小さく揺れて、絞り込む……釣れた、丸々と太ったハゼだ！　時にはてのひらカレイだったり、当歳のアイナメだったりもする。

山茶花《さざんか》も咲き、立冬も過ぎたと言うのに蓬《よもぎ》も青いし、背高泡立草《せいたかあわだちそう》も名残りの花をつけている。京浜は未だ秋のままである。

「公害の町」と嫌われたここ川崎も、ことのほか空気も水もきれいであった。

# この足は

東京都府中市《ふちゅうし》　鈴木蓉子《ようこ》（75歳）

夫が柿をもいでいる。
ハシゴをおさえている私の目の高さに夫の足がある。
この足は迫撃砲をかつぎ戦場を駆けた足。
この足はシベリアの炭坑でトロッコを押して踏んばった足。
そしてこの足は五十年間私と一緒に歩いた足。
鳥のための柿一つ梢《こずえ》に残し、夫はハシゴをおりてくる。

# 初雪の日に

東京都八王子市　鈴木喜重《きじゅう》

初雪が降ったので、菩提寺《ぼだいじ》へ写真を撮りに出掛けた。狙いは三重ノ塔にある。

総門《そうもん》・山門《さんもん》と撮って中雀門《ちゅうじゃくもん》へ来たところ、そこから先は新雪の上に足跡はなかった。そこで引返すことにして、別の道から本堂の前へ出た。

三重ノ塔は予想通り朝日の中で輝いていた。時折、裏の杉木立から散る雪は、銀の粉をふりまいて一段と塔を引立てている。

若い僧侶が箒《ほうき》を片手に塔の方から下りて来た。

顔馴染《なじ》みなのである。

「足跡はつけてませんからねぇ……」と笑顔で通り過ぎていく。図らずも意気が投合して私も笑顔を返した。

# 街道の街

## ——東海

飛騨《ひだ》高山《たかやま》の朝市は、萌える森の匂いがした。たらの芽や、こごみや、ぜんまいを前に、丸い顔のおばあさんは丸い声で話す。

「山に入ると、木や生き物が息をひそめて私をじっと見つめてる時があるよ。こわいと思ったら私の心もちが良くない時。いつもは、ひとりじゃないって安心するけれどね。

山菜はね、採りきらないで少し残しておく。次の春のために、山にあずけておくの」

たらの芽を持って帰って、天ぷらにした。知らない山の味がした。

——﨑　南海子

# 六輔談話

## 日本のシンボル、富士山

「東海のシンボル」と言えば富士山ですが、富士山というのは静岡県と山梨県のあいだにまたがっています。特に山頂について、両方の県で、かつて山頂の奪い合いをしていました。

結果的には、富士《ふじ》・富士宮《ふじのみや》にある浅間神社《せんげんじんじゃ》の御本尊が富士山ということがあって、どうも富士山と言えば静岡県、と考えられていますが、山梨県の人は山梨県の人で、富士山は自分のところのものだと思っている。

富士山という山は東海のシンボルであると同時に、日本のシンボルですから、たとえば沖縄に行けば那覇富士《なはふじ》、北海道に行けば蝦夷富士《えぞふじ》というように、日本全国に富士と呼ばれる山があります。

日本中どこに住んでいる人も、姿のいい山があると全部に富士山とつけてしまうところがとても面白い。やっぱり日本人って本当に富士山が好きなんだな、とよく分かります。

鳥海山《ちょうかいさん》のように全然似ていないのに富士山と名乗っている山（似ていないからニックネームとして名乗っているわけですが）もあります。姿が美しい山にだけじゃなくて、デコボコでどれが富士山だか分からないような山並にも、富士山という名がついているところが日本中にあるんですね。

なんでもいいから富士山が見えるところにいたい、富士山の見えるところに行きたい、暮したいという気持ちがよく分かります。

日本人は山岳信仰の民族だったということも、そんなところから見えてくるような気がします。

# もしかして富士山！

愛知県豊橋市《とよはしし》　木村明子《あきこ》（63歳）

いつものようにキャベツ・ブロッコリー・白菜の畑に足を進め、これもまた、いつものように少し離れた山を見て、あれっ‼ 今日は違う。濃いみどりの山々がとぎれるあたり。遠くに、少し赤味を帯びた白い山がくっきりとそびえ立っているのが見えます。よく晴れた寒い朝です。もしかして富士山では……。そうだ展望台に登って方位盤で確かめてみよう。東北東の位置、まぎれもなく富士山です。

関西から当地に移り住んで四年余り、我が家の近くでこんなにも鮮やかに雄々しい姿の富士山を見る事が出来るなんて……。あの日以来「上を向いて歩こう」ならぬ「右を向いて歩こう」で今日もまた、散歩をしております。

## 東京じゃわからない？

愛知県一宮市《いちのみやし》　都田晴美《みやこだはるみ》（36歳）

「三週間帰らないと景色が変わるよね」と、単身赴任先の東京から帰った夫が言いました。

会社の同僚に言っても「三週間で景色が変わる訳ないよ」と理解してもらえなかったそうです。

でも、本当に変わるんですよ。三週間前はまだ花も咲いていなかった木に実がなったり、カラカラだった田んぼには稲が青々として育っていたり、カエルが鳴いていたり……。

東京の銀座でずっと働いている人たちには「景色が変わる、匂いが変わる」ということはないのかと不思議に思いました。

# 桃の木の下で

愛知県海部郡《あまぐん》　庭本敬子《にわもとけいこ》（66歳）

無口な夫は機嫌を損ねるとますますだんまりで、二人暮しの家のなか、いやーなふんいきが漂います。
二、三日前からそんな気配なので、私は、夫が退職以来続けてる床屋さんに変身です。

裏の満開の桃の木の下に椅子をセットして、

「父さーん、床屋さんしますよー」

ぬぅっと出て来た夫に、専用の花模様のケープ型エプロンをつけ、先ず髪をさっぱりとカットします。

次に、衿あしをゆっくり剃りつつ、いささか低音化させた声で囁《ささや》きました。

「いつまでも拗《す》ねてないで、何が気にさわったか言ってみて。私だって、ストレスで、こんな日続けてたら、病気になりますよ」

と母親気分の私。

夫はカミソリを首に当てられ、微動だに致しません。

夫が五歳の時、亡くなったお母さんがそばで聞いていてくださるかのように、桃の花びらがひらひら散ってきて、ひとひらが、さっぱりした髪にのっかりました。

ピンクの花びらつけたまま、夫はだまって、部屋に戻ってゆきました。

# 雨上がりの踏切

愛知県豊田市《とよたし》　畠山月子《はたけやまつきこ》（56歳）

雨の日は、草花や木の葉がいきいき輝いておしゃべりの花を咲かせている。

小雨の時は、緑の香りがそよ風にのってただよってくる。

そんな雨の中を歩くのが好きです。

雨上がりの時、いつもなにげなく通る踏切。立ちどまってしまうほど、キラリと光るものを見つけた。レールのまわりの小石が宝石に見えた。

見慣れた景色が、クリーニングで水洗いしたてのように新鮮に思えた。

私も時には、命の洗濯をして、心新たにスタートしたい。

# 阿寺《あでら》の七滝《ななたき》

愛知県豊川市　鈴木典子《のりこ》（54歳）

五月、青空は美しく、風は涼やかで、ほんの少し肌寒い日でした。東三河《ひがしみかわ》の地図を見てましたら、阿寺の七滝がのっていました。鳳来町《ほうらいちょう》とのこと。主人に頼んで行って来ました。阿寺はあと何メートルとの立て看板を頼りに、対向車が来ないことを祈りながらの山道……車を降りて、車椅子を押してくれる主人が、カジカが鳴いている川の方を指さして、カワムツがあんなに泳いでいる、見えるか、あそこだと、色々なことを教えてくれながら……木の根っ子に苦労してふう、ふうと息をはく主人に申し訳ないと思いながら、美しい七滝に手を合わせました。三十年振りの山歩き。きらきら緑のモミジ越しにふりそそぐ太陽。ミラクルな世界を体感しました。ありがとう、心の中でいっぱい言いました。

# 若葉通りの夫婦げんか

愛知県名古屋市《なごやし》　伊藤幸子《さちこ》（32歳）

つまらないことで夫とケンカをした。
気まずいまま、夫を送り出す朝。
なんとなくゆううつな午後。
ふとベランダに目をやると、風がふわりと吹いて、
夫のYシャツの片手が私のTシャツの肩にかかっている。
まるで「仲直りしようよ」と言ってるみたい。
夫が帰ってきたら、謝ろう。
結婚して八年。
私、夫に恋している。

## 大治町《おおはるちょう》のヘビ

愛知県海部郡　木全宏美《きまたひろみ》（49歳）

この大治町に私共家族四人が引っ越してはや二十年。今でも家のまわりは田んぼに囲まれており、のんびりと子育てを楽しませてもらいました。

昔は裏のあぜ道に二メートルほどのヘビのヌケガラがあり、ぞっとしたものでした。「ヌケガラをサイフに入れるとお金が貯まる」という言葉を思い出し、当時四歳だった長男に話したら、かわりにとって来てくれました。半紙に包んで金庫に入れておいたのに、いつの間にか消えていました。

最近では、庭の草むしりをしていたら、七十センチほどのヘビがススーと姿を消しました。「エ～!!　家にヘビが住んでる」とビクビクしている私に、友人は「守り神だと思って喜びなさい」と言います。あまり嬉しくない守り神だけど、姿を見せずにそっと陰で守って下さいましね。

# 朴葉《ほおば》のお寿司

愛知県名古屋市　湯浅眞理子《ゆあさまりこ》（43歳）

「ねえ、おばあちゃん朴葉のお寿司作ってよ」「作ってあげたいけど、朴葉寿司は夏にしか出来ないんだよ。夏になったら沢山作るから、待っていてね」子供の頃の私は、飛騨金山《ひだかなやま》の祖母の所へ行くと、いつでも朴葉寿司が食べられるものだと思っていたのだった。

朴葉寿司はサンドウィッチを作るように、朴の葉の上に、アツアツの寿司ご飯と鮭、ちりめんじゃこ、紅生姜《しょうが》などをのせたもので、大きな桶に何段も積み重ねた上に重しをして、葉っぱが煮えたら出来上がり。朴の花は俳句では夏の季語だけれど、食いしん坊の私は花より団子で、九十歳を越えた祖母の作ってくれた朴葉寿司を思い出して、なかなか俳句は詠めません。

「媚びらずに　健気に生きて　朴の花」

## 御殿場に移り住んで

静岡県御殿場市《ごてんばし》　吉川記代子《よしかわきよこ》（76歳）

スーパーでまたその人にお会いした。お名前もお住まいも知らない。

二年前に茨城から此処《ここ》へ移ってきた私に、はじめて声をかけて下さった方。

「あのね、私八十二歳。ずっと東京の下町で働いてたのやめて、生れたこの町へ帰ってきたんだ。一人暮しだよ。あんた昭和だろ?」「いえ、大正です」「じゃ妹分だ。一人かい」「いいえ」「そうかい。大事にしなよ」と。

それから三カ月ごとくらいにお会いし、その度に少しずつご自分のことを話される。人間関係にこりたから、人とはつき合わないこと。健康のために歩いていること。そして別れる時に必ず「大事にしなよ」と。

この前お会いした時、ご主人は日支事変で戦死されたことを話されていた。

# 絵のモデル

愛知県春日井市《かすがいし》　谷澤《やざわ》りつ子（64歳）

絵の教室ですらっとしたモデルさんがカルメンの衣装で座っている。椅子に座って組んだ足が描けない。消しては描き、また直す。家に帰って夜、主人に同じようにポーズを取ってもらう。がめつい足は全く感じがとれない。描く気力が出ない。協力的にポーズを取ってくれる主人に感謝。

やっぱり女性は素晴らしい。美しいものである。女性であることに乾杯。

# 宮後町《みやごちょう》の庭で

愛知県碧南市《へきなんし》　島谷春枝《しまたにはるえ》（52歳）

待ちに待った目白がやってきました。ジュースやジャム、みかんを並べて、鳥待ち顔で待つこと半月あまり「よく来た」と頭をなでたい気分です。入れかわり、つがいで飛んでくる目白達のどれも同じ白ぶちメガネ、どれも同じコスチューム。どこでつれあいを見分けるのでしょうか。なき声でしょうか。私にはどれも「長兵衛《ちょうべえ》・忠兵衛《ちゅうべえ》・長忠兵衛《ちょうちゅうべえ》」ときこえます。音程がちがうのでしょうか。不思議でたまりません。

その内、ひよどりもやってくるはずです。目白に食べさせたいジャムをガパッとくわえて飛び去るとムムッと思います。目白を追いかけまわす、かわいくない鳥ですが、自然の摂理で仕方がありません。

今年も春先までの目白ウオッチングを、わくわくしながら楽しんでいます。

# 大祭を楽しみに

静岡県藤枝市《ふじえだし》　塚本哲也（43歳）

生まれて初めて楽器を手にしました。三味線です。お祭り好きの私の地域の三年に一度の大祭は、長唄と地踊りが主役です。このたび、町内ゆかりの家元からの御指導ということで、「マイ三味線」まで用意しました。初めて手にしたバチは思ったより重く、楽譜も独特の文字と記号。すべてが新鮮ですが、悪戦苦闘の日々です。家元が、譜面を見て、手元を見ないようにと言われたことを忠実に守っての稽古《けいこ》。糸は三本しかないのに、隣りの糸を弾いたり空振りしたりと、失敗の連続で、あせってばかりです。

子供の頃を思い出しました。よく、いたずらをして、母に「そんなことをするとバチがあたるよ！」と言われました。三本の糸を軽くみた私に、「三味線の神様、どうか、私のバチをあてて下さい！」と祈る今日この頃です。

# 奥飛騨の夜

神奈川県横浜市　菊坂千絵

奥飛騨の湯の宿に着いて、窓から見える山の、そのまた向こうの山が夕陽に赤く燃えた一時、中天に、もう月が白々と見えていた。やがて十日ばかりの月は美しく冴えわたり、山々は黒々と静まりかえった。

早目に床についたが、一眠りすると目がさめ、あまりの静けさに寝そびれてしまった。カーテンを細目にあけてみると、高い山とひさしの間のわずかな空にいっぱいの星。輝く星がこんなにもたくさんあったとは、まだかつて見たことがなかったのではないか、そんな気がする夜ふけ。

廊下に足音、そっとあけてみると、手拭いをさげた二人連れ。温泉に行ったのか、静かな静かな夜が更けてゆきました。

# 実り豊かな町

## ——甲信越

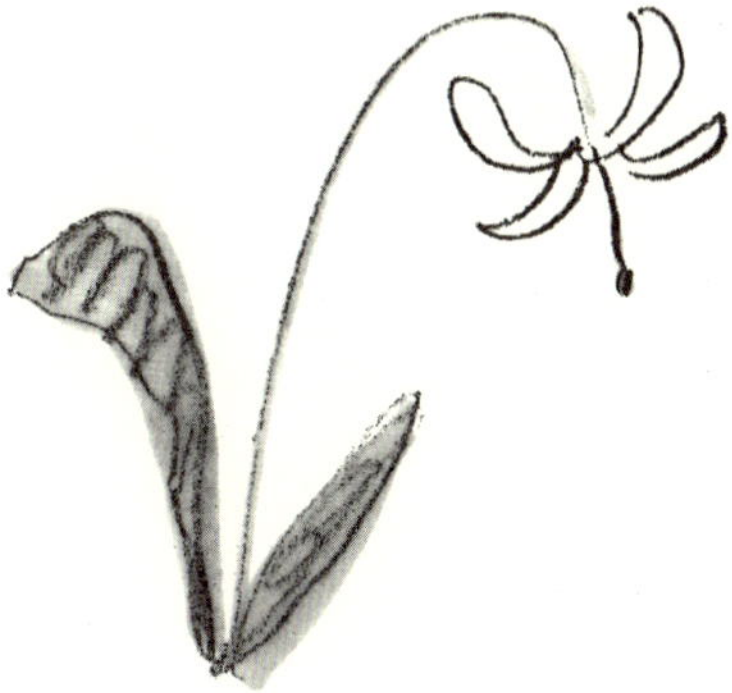

「かたくりの花が咲きますよ」

春になると届いた、長野県北佐久郡《きたさくぐん》の消印のはがき。八十歳の農業人で、山野の草花を愛する達人から。

いくつもの春が過ぎて、満開のりんごの花のなかを、私のバスはのんびりと進んだ。

大地はなだらかな隆起となり、りんご畑への小道はうねり、小川は静かに歌っていた。定規で引いたようなまっすぐな線が、ひとつもない世界。私はまるい心を抱いて、すこし傾いて立っていた。

——﨑　南海子

# 六輔談話

## 長野県、長寿のひけつ

この放送は、沖縄の琉《りゅう》球《きゅう》放送（ＲＢＣ）も聞こえています。沖縄で聞いている人たちが、つい数年前まで誇りに思っていたことは、「沖縄は長年に渡って日本一の長寿県だった」ということ。

ところがここのところ、甲信越が頑張りはじめて、特に長野県はこの三年間、男性の長寿が一位になっています。長野ではあまり話題になっていないのですが、沖縄では、割合に騒いでいました。長寿県じゃなくなってしまった、沖縄が暮しにくくなってしまった証拠だとなげいています。

長野県にしても、山梨県、新潟県にしても、どちらかと言ったら、冬の寒さが厳しいし、食生活だって塩分が多い。では、なぜこの甲信越が長寿になりつつあるかといったら、医療の問題なんですね。

在宅医療が増えてきているのですが、その在宅医療のリーダーシップをとったのが佐久《さく》総合病院、諏訪《すわ》中央病院という二つの病院です。それぞれの病院の先生方が在宅医療に徹底することを二十年かけて努力した、その結果が見事に長寿につながってくるんですね。

長野県はそういう言い方はせずに、たとえばブルガリアなど世界の例を見ても、海がない山岳地帯で、海抜が高いということ、そういった山岳地帯の酸素の量が長寿につながるんだという言い方をしています。

でも僕が外から見ていると、長野県の長寿は絶対に、在宅医療の進み方がポイントです。高齢者の医療費は、この甲信越が一番安いんです。医療費が安いということは、つまり病人になっている人が少ないということですね。そのベースに在宅医療があるということがあるのです。

日本人は甲信越の医療体制を学ぶ必要があると思います。

# 山里の暮し

長野県上水内郡《かみみのちぐん》　金井《かない》純子《じゅんこ》（26歳）

三年間勤めた会社を辞め、祖母と二人で暮すようになってから四カ月。毎年、家の周りのリンゴや梨、家で食べる分だけの野菜を、祖母が一人で作り続けてきました。そこへこの孫娘がお手伝い。日々様子を変えてゆく野菜たち。それと共に、これでもかと言わんばかり伸びる雑草に、祖母が「これは、ばあちゃんと雑草との戦いだ」と宣戦布告して以来、二人で草取りに余念ない毎日です。先日、足場の悪い場所を鎌で草刈りしていた時、自分の持ち場所を終えた祖母が「応援に来たよー」と声をかけてくれました。そのひと声は私にどれだけ心強いものであったか。足腰が弱くなっても、温かいハートで接してくれる祖母に対し、「尊《とうと》さ」を感じずにはいられません。八十歳と二十六歳、これからもこんな付き合いをずっとしてゆけますように。

# 農家のお茶わん

長野県上水内郡　井上尚子《なおこ》（62歳）

結婚四十年になります。

嫁いだ時、私のためにに用意しておいてくれたごはん茶わん。鶴が数十羽飛んでいる絵の茶わんが、四十年間、我が家の歴史を見守って来ました。

夫、夫の両親、祖父の五人家族で出発し、やがて長男が生まれ、まもなく祖父の死、息子が高校の時に義父が亡くなった。

一人息子なので少し親元から離した方が良いと思い、東京の大学へ。そして県外の大きな市に就職、結婚。そして義母の死と、家族が増えたり減ったりしました。

今は、夫と二人、りんご作りをして穏やかに暮しています。ずっと共にした茶わんと共に、幸せです。

# 諏訪の御柱祭《おんばしらまつり》

長野県岡谷市《おかやし》　小口幸子《おぐちさちこ》（40歳）

イヤ〜　山ノ神サマ、オネガイダー
「ああ、また始まった」と、子供達。

「がまん、がまん、七年に一度でしょ」と私。

そうです。七年に一度の諏訪の御柱祭の子供木遣連《こどもきやりれん》、募集の声に、小三の娘が入りました。練習の付きそいで行った主人が、子供以上に木遣に夢中になってしまいました。

毎日、暇さえあれば「オネガイダー」と鳴いているのです。

「うめえ、うめえ」と木遣連の先輩がしっかりおだててくれるから、もう大変。

「おめさん、自分の鳴いた木遣で柱が動いた時は、そりゃあ気持いいもんだぜ」などという話を聞いては、もう自分の木遣で柱が動いているような気がして鳴いているのです。

七年前は、もう最後かもしれないと、上社《かみしゃ》、下社《しもしゃ》と見て歩いた父もその年の十一月に帰らぬ人となりました。

〝おんべ〟を持ってとび回っていた長女はもう中学生、親子でできるのは今年だけかなと、先を気にしながら毎日練習に励む木遣一年生の主人と子供。

四月からいよいよ山出しが始まります。

壮大な木落しを目にうかべながら「皆サマ、ゴ無事デ、オネガイダー」と心の中で鳴いている私です。

**御柱祭**　諏訪大社で七年に一度行われるお祭りで、山から柱となる大木を切り出し、坂を落とし、大社の柱にする日本三大奇祭の一つ。

# 思い出のおやき

東京都八王子市《はちおうじし》　大島　睦《むつみ》（34歳）

「わぁ〜」と思わず喜びの声をあげた。信州の二人の伯母から届けられた大きな箱からは、夏の陽ざしたっぷりの元気な野菜。中でも深い紫色のつやつやの丸茄子《なす》は、懐かしい「おやき」を思い出す。

まだ祖母が生きていた頃、信州へ行くと、祖母が丸茄子の信州名物のおやきを沢山用意して待っていてくれた。ふつうの茄子ではつくれない。この土地でとれる丸い茄子に甘いみそをはさみ、粉生地で包んで、みょうがの葉でくるんで蒸したこのおやきは、私にとって夏休みの味でした。祖母が亡くなってからは、伯母達が作ってくれる。送ってくれたおやき用の粉で、私も挑戦してみた。祖母のようになめらかなおやきではなく、見た目はすごくブス。でも口に入れると、懐かしい信州の夏が口いっぱいに広がった。

# りんごも元気

長野県下高井郡《しもたかいぐん》　堀米美香《ほりごめみか》（33歳）

いやーな予感が的中して、春から大切に育《はぐく》んだりんごが、じゅうたんのように畑に転がっています。ここ数年は平穏無事だったので、ぼちぼち痛い目に合いそうだと思っていたら案の定。毎日、地べたをはいずってりんごを拾っています。私が結婚して初めての年も大きな台風の被害がありました。畑を見回って「全然なってない」と落ち込むダンナ様を尻目に、私は「まだなってるじゃない」と。花からりんごと接してなかった私には、数えるほどしかなくてもダメージは少なかったのです。今回もダンナ様に「家が床上浸水するのと、りんごが落ちたの、どっちが被害大きい？」と聞いたところ「床上浸水」だそうです。「それじゃ、まっいいか」人間もりんごの木も元気で来年もがんばろう。明日もりんご拾うぞ!!　とめげない私です。

# 本屋さんへ

山梨県塩山市《えんざんし》　大河内浜子《おおこうちはまこ》（58歳）

「本屋さんへ行きますか?」と嫁の私、五十八歳。

「そうね、行ってもらおうか」と義母、九十三歳。

夫と息子を亡くして二年あまり。私は初心者マークのついた軽トラに義母を乗せて本屋さんへ……。

母は、しばらく物色して瀬戸内寂聴さんと日野原先生の本を求める。さみしい毎日を本になぐさめられ、耐えている。

自分の余命を悟りきって「母を頼む」と私にいって逝った夫。私の責任は重大。まだまだ元気でがんばらなくては。

# 秋のおすそわけ

長野県飯田市《いいだし》　井坪美智子《いつぼみちこ》（49歳）

栗の渋皮煮を作ろうと、栗をゆでました。渋の色で、鍋の中の煮汁は濃い栗の色に染まっています。そのまま捨てることができず、思いついてスカーフを染めてみました。栗から色をもらって、白いスカーフは、あたたかな色に染まりました。秋らしい色に染まったスカーフは母に贈りました。

主人と結婚して二十五年。何の経験もないままに兼業農家に嫁いだ私を、心配してくれる母へ、「元気でやってるよ」の言葉がわりの、ほんの少しの秋のおすそわけです。

二十五年たった今でも、農家のおかみさんになりきれない自分自身をもてあますこともある私。でも、季節のうつりかわりを楽しむゆとりのようなものをもてるようになった、この頃の私です。

# 還暦の若葉マーク

山梨県北巨摩郡《きたこまぐん》　眞弓《まゆみ》ミツ子（60歳）

大泉村で生活するようになって二年目に入り、私も今年還暦をむかえました。六月に自動車教習所に行きまして、毎日おべんとうを持って通いました。夜になると、テレビも見ないで問題集を一生懸命で読んでいました。主人は横目で見て、おれはそんなに勉強したおぼえはない、などと言ってました。私は六十歳、主人は十八歳でおなじことをしているのですもの。私の頭はコチコチです。

一ヶ月半で免許証を手にした時は、達成感で気持ちが若がえったようです。主人の神経痛の治療に、佐久まで乗せて通っています。はじめは、かえって神経痛が痛くなると言ってましたが、一ヶ月位すぎてからは、なにも言わず横に乗っています。早く痛みが取れることを願って、車を走らせています。

# ハイヒールの帰郷

東京都荒川区《あらかわく》　柳澤幸恵《やなぎさわさちえ》（52歳）

私のふるさとは木曽です。

九時三十五分の最終の汽車を降りて、海抜七百メートルにあるわが家まで、歩いて四十分。

冬の夜は空気がカーンと張っていて、星は一面にひろがっている。

若い私は、それでもスカートにハイヒールだった。駅まで迎えにきてくれた父は長靴を持っていた。

雪はあまり多くないけれど、木曽駒ヶ岳《きそこまがたけ》の雪おろしが吹いて、アスファルトの表面が凍っている。父と私の足音、そして道路なのか両側の木々なのか、キシッキシッと音がする。

玄関の戸を開けると、ほほがフワッととけるようだった。

# 恋人の山

千葉県富津市《ふっつし》　柴田明美《あけみ》（69歳）

二十歳の誕生日に穂高《ほだか》に登った。
二十歳をすぎてからは子育てで登れなかった。
そして六十九歳で穂高に登ることができた。
七十歳の誕生日には穂高に登れるだろうか。
穂高が好き、穂高にあいたい。
穂高は永遠の恋人の山。

**穂高連峰**　長野県と岐阜県の県境に位置し、日本第三位の高さを誇る奥穂高岳を中心に三千メートル以上の高峰が南北にいくつも重なる。

# 穂高連峰の夜

東京都三鷹市《みたかし》　稲野辺《いなのべ》さく（65歳）

穂高連峰のふところに、すっぽりと抱かれた涸沢《からさわ》小屋。

一期一会の大勢の登山客はねむらない。

昼は天下一品の紅葉の世界も、やがて真黒の世界へと一変する。ぴんと張りつめた冷たい空気。神々しいばかりに光り輝く宇宙の彼方の星々に、誰もが吸い込まれたように不動になる。

あき間すき間なく、夜空に散りばめられたダイヤモンドの囁《ささや》き。

「なんと素晴らしい」のエンドレスで、胸が熱くなる。

生きていると思っていた自分が、実はこの大自然の中に生かされている。そんな幸せを、まぶたに焼きつけ心に刻んだ大事なひとときでした。

# 夕陽が海に沈む町

## ——北陸

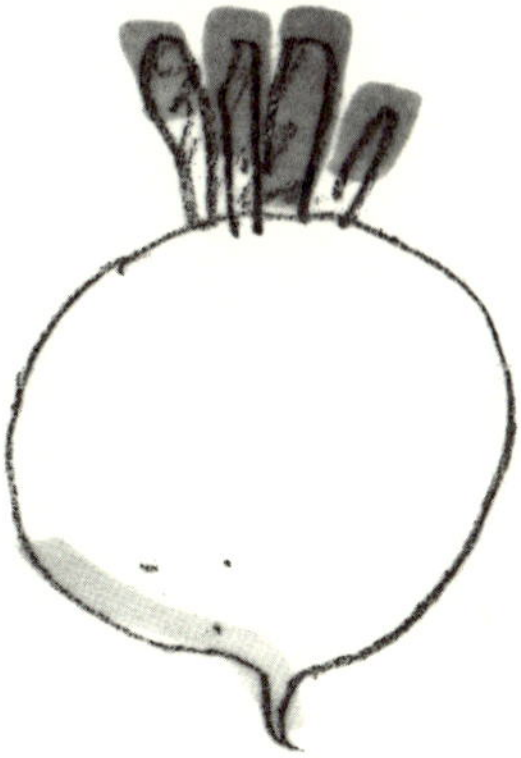

近江町《おうみちょう》の市場で私はかぶらずしを買った。蕪に切れ目を入れブリを挟んで、塩と麹で漬けて醗酵させたもの。

次に加賀蓮根《かがれんこん》を見て、蓮蒸《はすむ》しを食べにいった。すりおろした蓮にエビや銀杏を入れて蒸し、とろりとしたあんをかけた料理。

冬の雷が鳴ると、東の廓《くるわ》の鍋料理屋に駆け込んで、ふうふうと楽しみながら、店の女将《おかみ》さんのなんともいえないやわらかな土地の言葉をきく。

私の金沢は食べ物の行列だ。

「きいつけて、かえるましっ」

——﨑　南海子

# 六輔談話

## 北陸の小江戸、城端町

世界各地で、日本人が多くいる町には、必ず「リトルトーキョー」と呼ばれるところがありますが、日本国内でも、旅をしていますと、あちこちに「小京都《しょうきょうと》」と呼ばれる町があります。

富山県に高山という町がありまして、そこから城端《じょうはな》線という列車に乗ります。その終点が城端です。城端の駅を降りると、そこにはいきなり、「北陸の小京都」と書いてあります。

でも、僕からしてみれば、城端はがんとして「小江戸《こえど》」です。

なぜ僕が城端を小江戸というかと言いますと、城端には「曳山祭《ひきやままつり》」というお祭があります。これが全部、江戸小唄で行われているのです。

隅田川も出てくれれば、柳橋も出てくる。僕が日本の中で一番好きなお祭です。

江戸の料理屋さんが山車《だし》の形になっていて、町の人が江戸の小唄を演奏しながら歩いていく、粋なお祭なんですよ。「ちゃんちゃんちきち、こんちきち」とは違うんです。「よっ！はっ！」の世界なんです。粋なんです。

だから僕は、城端はまさしく「北陸の小江戸」だと思うんですけれどね。

普通、古い町並みが残っているとたいてい「小京都」になってしまって、「小江戸」と呼ばれる町は多くありません。でも、絶対に「小江戸」でなければ困るという町は、ひとつは川越、そしてもうひとつが城端なんです。

城端は、町の中にも、「そうだよな〝小江戸〟だよな」というところがたくさんあります。

# 城村《じょうむら》の町角で

富山県富山市《とやまし》　中川みどり（53歳）

夫と二人で早朝のウォーキングを始めて八年あまり。
田舎のことなので農作業をしている人はいても、のんびり歩いている人など
ほとんど見掛けない。
時折「お二人で仲良くいいですね」と声を掛けられる。
そこで二人声を揃えて「犬が飼えないから、お互いが犬の代わりなんです」
と答えながら通りすぎる。
今朝は途中に立ち寄る神社の森で、うぐいすの初鳴きを耳にした。
しばらく歩くと、野蒜《のびる》の群落を発見したので少し採って帰る。一石二鳥なら
ぬ一石三鳥の気分。今晩の酒の肴《さかな》に酢味噌を添えて、春を味わいましょう。

## 神田新町《かんだしんまち》の家で

富山県高岡市《たかおかし》　澁谷園子《しぶたにそのこ》（65歳）

「長い間、御苦労様でした。ありがとうございました」と、てれないで言おう。
幾年も前から、ポロの絵のコーヒーカップとネクタイとワイシャツと靴下を
買い揃えておいた。
今日が、定年退職の日です。
これらすべては、仏壇に供えて言うことになりました。夫は五十八歳半ばで
逝《い》ってしまいました。夢で見る夫は俺は死んでいない、とよく言っています。
夢でこれからも逢えればいいです。

# 蒔絵教室

石川県金沢市《かなざわし》　宮元美千子《みちこ》（44歳）

「夏休みに指導してもらった蒔絵《まきえ》、金賞をもらいました」と電話があった。小さな声だけど、どこか弾んだ感じがした。

中学二年生の野球部の彼は、夏休みの自由研究を蒔絵にしたいとやって来た。簡単な技法じゃなくて、職人さんがするようなちゃんとしたのをやりたいと図案まで考えて来た。私が手を入れることを良しとせず、全部自分でやりたいと言った。

部活動が終ったあとに、お休みの日に、炎天下、自転車をこいで汗だくになって、山の中ほどの我が家まで通って来た。その努力が金賞になった。

この教室ではじめて蒔絵筆を持った小学生たち。毎年画き続けてきた小学六年生は校章を画くまでになった。

この中から作家や職人が育つかどうかはわからないけれど、子供の頃に触れた本物は一生残る、血の中に残ると信じて、教室をひらいている私。

老眼鏡かけてがんばったおばさんたちも、みんな一緒に秋には作品展だ！

**蒔絵**　漆を塗った上に金や銀などの粉を蒔きつけて絵模様を表す、日本の代表的な伝統工芸。

# なつかしい山中温泉

石川県加賀市《かがし》　笹井輝雄《ささいてるお》（54歳）

山中温泉の総湯（共同浴場）「菊の湯」に、お金を払って二十数年ぶりに入った。温泉で産まれ育ち産湯を使い、無料で高校卒業まで毎日入った。夏休みなどはラジオ体操が終わり、川から泳いで帰って、境内で遊んで、日に三回もザブーンと総湯に。時には外で遊びすぎてタオルと髪だけ濡らしてお湯に入らないで帰った事もあった。昔は入り口は上湯《かみゆ》と下湯《しもゆ》と二カ所に分かれていたが、今では一つになっていた。脱衣箱には小学生の将来の希望を、漆器職人の見事な筆さばきで、子供たちの思いが蒔絵で表現されていた。深い湯船は変わりなく、おへそまであり広々としている。泳ぎを覚えたままの頃より小さく見えたのは、自分が大きくなったせいだろう。少年時代のように、ひと泳ぎしてお湯から上がった。

## 越中おわら節

富山県滑川市《なめりかわし》　神田洋子《かんだようこ》（52歳）

父が大好きだった「越中おわら節」がラジオから流れています。今年の胡弓の音色は、より澄み渡り、悲しく、父を偲《しの》ばせます。昨年、八十一歳で父は他界しました。死ぬときは、こういう風に死ぬんだよと静かに息をひきとり、私達家族に教えてくれました。見守った私の息子、娘達にも死ということを考えさせてくれました。今、父の生前のいろいろな言葉が素直に聞けて、そのようにしている自分が不思議です。「一生懸命にやればいいんだよ、何事も」「学歴よりも社会に役立つ人になるんだよ」。

お父さん、二人の孫は、就職し、頑張っていますよ、ありがとう。

**おわら風の盆**　毎年九月に富山県八尾町で催される祭り。おわら節は富山県を代表する民謡で、哀愁に満ちた胡弓の音色と優美な踊りで有名。

## 兼六園《けんろくえん》の秋

愛知県名古屋市　西村則子《のりこ》（55歳）

「紅葉の兼六園と孫の運動会を見ながらの金沢もいいよ」との姉の誘いに少し戸惑いました。ただ今私、更年期まっただなか。夫の「そんないい話、乗らないともう行く機会はないよ」の優しい言葉が切っ掛けとなりました。金沢駅では琴の音色に迎えられ、兼六園の庭園では真っ赤に色づいた木々にときめきました。そこから近江町市場まで歩き、九谷焼《くたにやき》の器で目の保養もできました。姪の娘の運動会は雲一つない青空。全校生徒による金沢音頭。輪の中に五年生のゆりかと三年生のみゆきの姿を見つけました。目があうと少し恥ずかしそうに下向きかげんで踊っています。金沢では、弁当忘れても傘忘れるなと言われるほど雨が多いそうですが、お世話になった五日間、とても素晴らしい好天気でした。

# 遠くから思う金沢

神奈川県横浜市　酒川良子《さかがわよしこ》（62歳）

「寒そうだね、そっちは」と電話をすると「寒いよ、こっちは」と「よ」に力が入った返事がかえってきた。

北陸・金沢へ行った娘。三年くらい前までは「寒いー、寒いよー」と情けない声で、今にも離婚して帰って来るのではないかと心配していたが、五年目ともなると「寒いよ」と力強くなっていた。

「そろそろ根が生えてきたか、あれも一生むこうか」と主人。

毎日全国の天気を見ては、金沢はまた雪かと、ただ元気でがんばってと思うばかりです。

# 北陸の米どころ

石川県七尾市《ななおし》　平木佐和子《ひらきさわこ》（70歳）

おばあちゃん、今日やっとお米になったよと、孫が嬉しそうに帰って来ました。

この春、五年生が社会科の米作りに挑戦したのです。

苗を植え、水をはり、真夏の暑さに水当番をしたり、行ってくる度に、今日は草取り、今日は田干し、といちいち報告してくれます。

「田干しはね、稲の根を深くはらせるためにするんだよ」と皆楽しそうです。

そして秋の稲刈り。はさ干し、脱穀と大変です。機械でするのと、もうひとつ、昔の人がやってたように細い木の間にはさんで引いて脱穀するようなこともやったそうです。

そして今日、やっと玄米に。今度精米して給食で食べるそうです。

## 自家製「のとひかり」

石川県鹿島郡《かしまぐん》　沢井外紀子《ときこ》（48歳）

京都と神戸の町の片隅に、学生として暮している二人の息子の米びつは、ブリキの一斗缶です。

冬休みも間近にせまったある日、神戸の次男から「米がない、送って」。年末年始を我が家で過ごし、京都の下宿に帰ってまもない長男からも「米がない、送って」。

夫はそのつど精米し、ダンボールにつめ、宅配便で送ります。米でいっぱいになった一斗缶をみて、元気がでるように。二ヶ所に送るようになって、まもなく一年。米はもちろん、自家製の「のとひかり」です。

# 雪起こしの雷

福井県福井市《ふくいし》　中谷幸則《なかやゆきのり》（50歳）

ゴロ～、ゴロゴロゴロ～。

雪起こしの雷である。

北陸では、雪が降る時は、特有の雷が鳴るのである。

「温泉に連れてけ‼」

いやーな予感がした。

おふくろの、いやおうなしのせびり声。

「よし、分かった」

四輪駆動車を走らせ、雪山の温泉行きだ。

「白山《はくさん》の　真白き峯に　春を待つ」

## 高畠《たかばたけ》の米屋さん

富山県魚津市《うおづし》　山本恭子《やすこ》（60歳）

スーパーへ行けばいくらでも安い米を買うことが出来る今日この頃ですが、私は長年、米専門店にお願いしています。米の中味もさることながら、おつりがいつも新札で返ってくるのです。

今どき、どなたのこだわりなのか、お聞きしてみたい気もしますが、ついつい大きいお札を出している私です。

孫たちへのお年玉に新札をストックしておき、わざわざ銀行へ取り替えてもらいに行く必要もなく重宝しています。

実はお米屋さんの隣が銀行さんなんですよ。

# 歴史を感じる町
## ——近畿

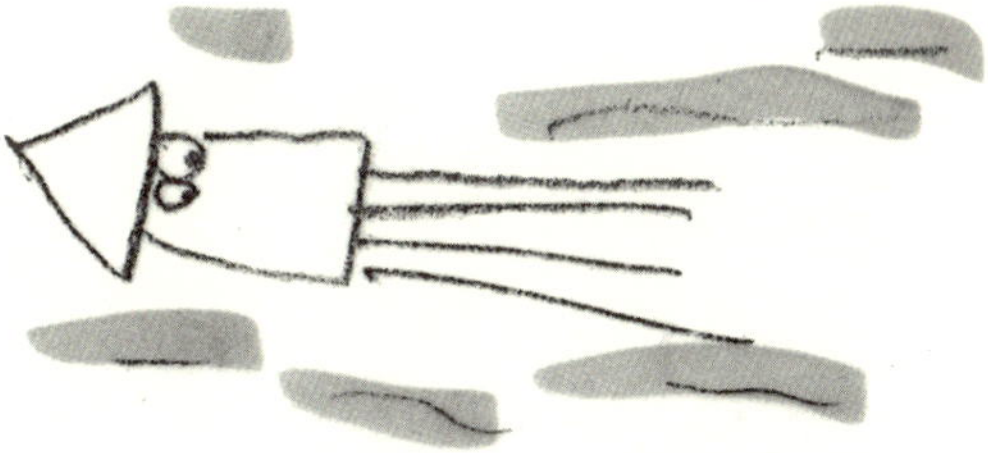

紀伊半島の勝浦は、まぐろの水揚げ港。
一人の漁師が遠くを見る目付きをした。
「昔は、この海のすぐ沖を、まぐろが
通過していくのを見たものだった」
私が、魚のなかで一番あこがれている魚。
銀色にひかる流線型の体で、うまれた
瞬間から死ぬ瞬間まで、一瞬も休まず
泳ぐ旅を続ける魚。
泳ぎながら眠り、イカを追いかけては
時速八十キロで海水をきりさく魚。
黒潮をさかのぼるまぐろの目のなかを、
深い青さが流れる。
七つの海を渡れ、まぐろよ。

——﨑　南海子

# 六輔談話

## 畿に近いところ

手軽な辞書を引いてみればわかりますが、近畿の「畿《き》」という字を、「近畿」という時以外に使うことはあまりないですよね。

近畿という言い方はよくします。

たとえば野球の「近鉄バッファローズ」も「近畿鉄道」のチームで「近鉄」です。だけど「畿」っていうのはなんなんだ？「畿」に近いところを「近畿」というわけですが、いったい、なにに近いんだろう？

この「畿」というのは中心、つまり国なら都。

たとえば奈良が都《みやこ》の時には奈良が「畿」なんですね。平城京から平安京に移ると、平安京が今度「畿」になります。

今でいうと永田町、霞ヶ関が「畿」なんです。その「畿」の近いところ、「畿」の周辺が「近畿」です。江戸城を中心にして、江戸城の周辺が「畿」なんですね。

そういうふうに考えると、奈良に始まって、長岡京、それからさらに京都に移って……。日本の都がどれだけあの周辺、近畿と呼ばれるところに、集中していたかということがわかると思います。

それだけ大事な「畿」ですが、「近畿」という場合以外には、この「畿」の字を使わないと思うんですね。たとえば、「畿」の人が、「僕は畿の出身です」なんて言い方はしないわけです。

だからこの「近畿」の「畿」の字のように、今もまだ使い残されていて、消えていなくて、生きている言葉というのはとても珍しいと思います。

# 伊勢の木箱ポスト

三重県伊勢市《いせし》　浦田《うらた》　学《まなぶ》（45歳）

ふと思い立って遠くの友達に手紙を書いた。

どうせなら、この地方の雰囲気がある郵便局の消印をと、伊勢神宮・内宮《ないくう》のお土産屋さんや食堂が立ち並ぶ通りにあるはずの郵便局へと向かった。だが、それらしきものが無い。何回も、普段は人通りの少ない通りを往復した。

あっ、あった。しかし、郵便ポストが無い。なにやら明治時代にタイムスリップしたような建物だ。「五十鈴川《いすずがわ》郵便局」の垂れ幕、と言うことはこの真っ黒な正方形の木箱がポストらしい。ハガキの入れ方すらわからない。この上のフタを開ければいいのだろうか……。初めて見たポストに驚かされたが、但し書きが無いのが良い。もしハガキの入れ方が書いてあれば、せっかくのポストが台無しだったのではと思う。町は、歩いてみるのも楽しい。

# パンダ散歩中

三重県員弁郡《いなべぐん》　冨川法道《とみかわのりみち》（55歳）

陰暦二月十五日は、お釈迦さまのご命日。この寺の本堂正面に、大きな涅槃《ねはん》図《ず》を掛けてお参りしています。

絵には、お釈迦さまの最後を悲しむ菩薩《ぼさつ》やお弟子にまざって、たくさんの動物も泣いています。

その絵を見ていた、二歳くらいの男の子。おばあちゃんの膝の上で、突然「パンダがいないよ、パンダがいない」と言って、泣き出したのです。

住職の私は、とっさに「今お散歩で、お外へ行ってるよ」と言ったのですが、来年は、どうやって言ったものでしょうか。

絵にパンダを一匹ちょこっと書き加えてみたくもなりました。

# トホホ草抜き

三重県鈴鹿市《すずかし》　青砥孝子《あおとたかこ》（44歳）

仕事から帰った私を、晴れやかな声の主人が迎えてくれた。「久々に畑の草を抜いたよ。風が気持ちいいね」と。一瞬、私はいやーな予感におそわれた。あわてて庭に出てみると、やっぱり……えんどうや玉ねぎの畝《うね》のまわりがきれーいになっている。少し震える声で、私は言った。

「おとおさん、花の苗も抜いちゃったね」すると主人は「チューリップやアスターって書いてあるとこは抜いてないよ」と、自慢げに答える。

「ちがうの、小さなひとり生えのパンジーやマリーゴールドの苗がびっしり出てたんよ。あ〜あ」疲れがどっと出てきて、すわり込んでしまった。

子供がそれを聞きつけて「たしか昨年も同じことあったよ」

主人はがっくり肩をおとした。

# 大阪城？　姫路城？

北海道札幌市　櫻田《さくらだ》和子《かずこ》（46歳）

高校二年生の長男が、修学旅行で奈良と京都へ行きます。大阪生まれの長男は、大阪城をゆっくり見たり、大阪城から見える、以前住んでいた公団を見てみたいと言います。私はせっかくだから、姫路城を見た方がいいよ。何時間もかけて城内を歩けるのは、姫路城だから……。

せっかく、せっかくのと、なんだか長男に私の考えを押しつけていることに気づいて、はっと口を閉ざした。

私は姫路城に行って感激したけれど、貴重な修学旅行の自由な時間を、息子らしく選択させれば良かったと……。これからも色々な機会に私の考えを押しつけようとしたとき、ちょっとだけ立ち止まって、求められたら意見を言おうと思います。

# レインシューズ

三重県四日市市《よっかいちし》　前田三千子《みちこ》（61歳）

梅雨時《つゆどき》になると、生まれて初めて父に買って貰った、レインシューズを思い出します。

昭和二十六年の梅雨時、私は小学校六年生でした。明日は市内全小学校のコーラス発表会の日です。私も学校の代表として出場します。当時は運動靴もあまり出廻っていなくて、通学には下駄を履いて行く子が多く、レインシューズはほんとに出初めなので、まだ誰も持っていません。

父が仕事から帰り、私に「自転車のうしろへ乗りな」。

私が「どこへ行くの」と聞くと、

「ええ所へ連れて行ったるわ。明日はコーラスの発表会やろ」と言って、自転車を走らせ、商店街の靴店でピカピカのレインシューズを買ってくれました。色は地味なグレーに近い、うすい水色で「足はすぐ大きくなる」からと、少しブカブカの大きめのサイズでした。嬉しくて、帰りの自転車のうしろで、靴の箱をしっかり抱きしめていました。

父はこの三年後に五十一歳で亡くなりました。

# 伊船町《いふなちょう》の二十一年

三重県鈴鹿市　近藤芳子《よしこ》（54歳）

日記を付けている。三年日記が七冊目。
はじめの頃はアリバイ帳のよう。何の珍しさもない、単調な日々。
一年、二年後、読み返す時、一日一日が思い出深い。
すっかり忘れていた一日が、鮮やかによみがえる。

一年前のページ。
いよいよ寝たきりになった姑の介護に、毎日がイラ立っている。
夫に当り、日記にぶちまけ、大きくへこんだ電子ジャーはその頃のもの。
介護一年を経て、今、やっとおだやかに世話ができている。

## 北勢線《ほくせいせん》に乗って

三重県鈴鹿市　中山タキ（66歳）

「東員町《とういんちょう》総合体育館の周りの休耕田のコスモスはすごいですよ」と聞き、秋晴れの一日、行ってきました。

近鉄桑名《くわな》駅下車、近鉄北勢線に乗り換え、ちょっと変わった駅名の「六把野《ろっぱの》駅」下車。歩いて五分程でした。

「うわ〜すごい！」果てしなく広がるコスモスの花の海です。花に埋もれているあぜ道を進むと、身体がぞくぞくします。

この北勢線は、ガッタンゴットン、オモチャのような電車です。なんだか遠くへ旅をした気分です。

コスモス畑も春には、レンゲや菜の花畑に変身してるでしょう。

「三月にはまた来ます。ガッタンゴットン、のせてくださいね」

# 生きていくって

三重県桑名郡《くわなぐん》　伊藤隆司《たかし》（36歳）

ある晩のこと、露店でタイ焼きを見掛けたら、急に食べたくなった。「一匹だけ、ちょうだい」と百円玉を出したら「もう今日はおしまいだから、オマケしときます」と言って紙袋に二つ入れてくれた。茶髪で、ちょっと化粧の派手なねえちゃんだった。

タイ焼きは、まだたくさん残ってたけど、あれどうするんだろう、やっぱり捨てるのかな。きっと、商売、楽じゃないだろうな。

俺みたいな苦労知らずのボーッとした奴が「一人前でございます」なんて顔してるの、申し訳ないいな。せっかくだから、と無理して二つとも食べた。ちょっと乾いてたけど、アンコがホカホカだった。胸もお腹《なか》もいっぱいになった。生きていくって、たいへんだな、当たり前だけど……。

## 神戸の母

東京都東久留米市《ひがしくるめし》　水澤佐起《さき》（70歳）

神戸の須磨、離宮近くに住む妹からの電話。母と二人で一卵性双生児のように暮らしている。「お姉ちゃん、聞いてくれる?」母の超売れっ子タレントなみの過密スケジュール。母は華道、茶道を嗜《たしな》み、研究会、出稽古、花の活け込み、茶会、また年に四回、倉敷誓願寺《くらしきせんがんじ》の墓参と、精力的に動いている。妹の悩みは、そんな元気な母が突然夜のうちに冷たくなっていたら、どうしよう? というものであった。妹は「そんなこと考えてたら、夜もねられへんのよ」今、母がお風呂から出て来てちょっとかわると言ってるから……と。華やいだ一オクターブ高い母の声。「お姉ちゃま、あなた元気? お仕事がんばりなさいよ」チャキチャキの江戸ッ子の母の声である。母九十一歳。妹に言わせると何も考えてない母である。

# 朝日がまぶしい町

——中国

尾道《おのみち》の港から、私は宛もなく瀬戸内海の連絡船に飛び乗って、いねむりしているような、おむすび島に降りたことがある。

ゆるゆると登る坂道とだんだん畑とみかんの木しか見えない島だった。

農家の縁側で猫が丸くなっていた。

私は道端の石に腰かけて、一瞬のいねむりをしていた。

夢の間に、何百年も前にそこに座っていた私を見た。それとも何百年も未来だろうか。

目をあげると、名も知らないこの島の港に、次の連絡船が着くのが見えた。

——﨑　南海子

# 六輔談話

## 中国とは？

「中国」ときいて、山口県、広島県、島根県、鳥取県、岡山県というこの地方のことだとは、一瞬、分かりません。たとえば「中華人民共和国」を略したって「中国」です。この放送を、中国地方で聞いている方は「中国放送」で聞いているはずですが、「中国放送」と言うと、「中国という国の放送」というようにも聞こえちゃいますよね。

その他の放送局の例ですが、たとえば「四国放送」は、四国の放送局かなと思うと徳島。「北日本放送」は、当然東北にあるのかなと思うと、富山にある放送局なんですね。それから、「南日本放送」は、放送局の中の一番南にある、つまり、沖縄かと思うと、実は鹿児島の放送局だったりする。

とこんな具合に、地域というのはエリアの問題、行政上の線引きの問題も含めて、けっこうみんながいいかげんに使っているということがよくあると思います。

四国の場合は土佐《とさ》、阿波《あわ》、讃岐《さぬき》、伊予《いよ》という四つの国が集まって四国です。九州も九つですよね。それでは、中国の「中」ってなんなのか。やはり、中央意識、真ん中意識があって中国なのか。そう考えると、近畿のほうが中国と言ったほうがぴったりするような気もしますけれども。と同時に、中国地方の日本海側を「中《ちゅう》」なのに「裏《うら》」っていう言い方をするのもおかしいし。

ところで、今は、松江から高知までが二時間半くらいで行っちゃいます。無駄な橋もありますけど、いい橋をうまく使うと、四国を横断して、中国を横断して、日本海側に出るのが本当に早い。ＪＲよりも高速道路が走り回っているいい証拠だと思います。

# 父の掘った井戸

広島県福山市《ふくやまし》　坪野《つぼの》クニエ（70歳）

私の家の庭の隅に直径一メートル、深さ七メートルくらいの井戸がある。

終戦の翌年、私はこの家に嫁いで来た。

井戸がなく、近所の井戸からもらい水をしていた。天びん棒でかつぐのは大変。ポチャポチャと水は散って、肩にくい入るように重く、風呂でも沸かすのはそれこそ何回もかついで、風呂好きな私なのに風呂はなくてもよいと思った。

「来年は子供が生まれるのに、水がなくてはどうにもならん。わしが井戸を掘ってやる」と言って実家の父が一人で掘ってくれた。

異常渇水が続いて、この地がついに十二時間断水になった年も、わが家には水不足はなく、庭木にもたっぷりと水をやることが出来た。冬温かく、夏冷たい水のありがたさを思い、正月には必ず水神様にしめ飾りをし、お餅を供えかしわ手《で》を打つ。

ほんに親とはありがたいもの。

今、しみじみとあの時の父の姿が目に浮かんで、なつかしくて、恋しくて、胸があつくなる。

# あの頃の挨拶

神奈川県川崎市　井上恵美子《えみこ》（52歳）

姫路へ、戦死した叔父の五十回忌と祖母の二十五回忌の法事に、お参りに行きました。

祖母が健在の頃、川で洗い物をしている人がいると「ようお洗いなぁ」と挨拶すれば「へぇぇ」と返事。そして夕方、人に出逢えば「ようおしまいなぁ」と言えば、相手も「ようおしまいなぁ」と挨拶していた。

その小川は今も水は流れているものの、川底はセメントで平らになり、カニもフナもどじょうもいなくなった。あの頃にかえれたらいいなぁ。

でも、あの頃の挨拶をする人はもういないでしょうね。

# 転勤ライフ

山口県新南陽市《しんなんようし》　中村紀子《のりこ》（38歳）

主人の転勤が決まり、三年間住み慣れた山口を離れ、広島市で親子三人暮らすことになりました。この事を、友人に手紙で知らせたら、「そりゃ大変。私はこれまでに三回引っ越したけど、横浜から出たことはないから、恵まれた住環境だと思うわ」という返事が来ました。「転勤がない」ことは「恵まれた住環境」かもしれません。転勤が多いと、大きな家具も買えないし、仕事も続けられない。ご近所づきあいも、また一からやり直し。でもその代わり、全国あらゆる所の名所、名産をじっくり楽しめるし、その土地のお国柄を学ぶこともできる。ちょっと別な目で見れば、生きていることが、一生長い旅をしているようなものです。あと何回転勤するかわからないけど「住めば都」の精神で、転勤ライフを楽しもうと思っています。

# さみしい川

広島県府中市《ふちゅうし》　赤澤昭枝《あかざわあきえ》（57歳）

実家に行き、広い大きな道路を車がピュンピュン通過する様におどろいた。ドンガメテズキ（竹で編んだ大きなザル）で、流れをのぼったりくだったりしながら、どじょうやアカマツをすくった川はなかった。三面がコンクリートになって、魚のかくれ家はない。テズキを受けて、足を魚の家の中へつっこんで追いこむとピチッとはねて、腹の光るアカマツが入っていた。うれしかったものである。流れのゆるやかな水面に友のかげが映る。二人でてぬぐいの端を持ち、そうーっとすくうと、メダカがいっぱい取れた。今は父が逝き、母が逝き、ドジョウもゴッポもネコヤナギも何もないさみしい川があるだけだ。同じ思い出をもつ人に会いたいなあ。地球はこのままでいいのだろうか。

## 彼女のおかげ？

広島県広島市の消印

テーブルの上に赤二本、黄一本、ピンク三本のチューリップがいけてある。先日、息子が無造作に新聞紙に包んで持って来てくれた。プランターで、自分で育てたとのこと。

花嫁探し、結婚、離婚、カードローン借金、いろいろと心配事の多かった息子が、今こういうやさしい気持ちになっている。

今、付き合っている彼女のおかげかな？　花びんの水をかえながら、まだ一度も会ったことのない彼女に「ありがとう」と言ってみた。

# 父の手料理

広島県広島市《ひろしまし》　山縣貴子《やまがたたかこ》（31歳）

実家にひとりで居る父の所へ遊びに行った。「ポテトサラダ作ったんじゃけど、味を見てくれんか」と父。冷蔵庫にあるサラダを口にする。薄味でちょっと水っぽい。そう父に告げると、「レモン汁、入れてみたけぇの」と言った。すごい。私、そんなことしない。いろいろ研究してるんだと感じた。

そしてまたある日、今度は父がうちに遊びに来た。近くのスーパーへ買い出しに行く。父のカゴの中には、レタス、トマト、きゅうり、パンなどなど。「このハムはおいしいよね」「牛乳は濃いのが一番じゃ」いろいろ吟味しながら選んでいる姿が、ちょっとほほえましい。帰り際、「今晩はサンドイッチ作って、コーヒーとで食べるわ」と父。「シャレたことするね」と私。

父六十三歳。お料理一年生。母が逝ってもうすぐ半年。

# 徳地町《とくぢちょう》の洋裁屋

山口県佐波郡《さばぐん》　河野詠子《かわのえいこ》（78歳）

主人八十五歳、私もうすぐ七十九歳。結婚五十六年。よくぞここまでこられたと思う今日この頃。

自宅で洋裁職をして五十五年。途中私は、床《とこ》についたこともありましたが、主人は働きどうしで、今も毎日頑張っています。

私たち老夫婦でも、地域ではひいきにしてもらっています。ありがたいことです。お客には二代続いて縫わしてもらっています。主人も私も死ぬるまで、針の後《あと》おしをしましょう。

さあ、今日も、あの娘《こ》のスカートを縫わしてもらいましょう。

# 姉妹の旅

福岡県福岡市《ふくおかし》　石橋紀久子《いしばしきくこ》（61歳）

岡山に住んでいる妹が定年になり、初めて、姉妹三人で一泊旅行をしました。姉と私は、博多から新幹線で岡山へ。妹と合流して、伯備《はくび》線で玉造《たまづくり》温泉へ、ホテルも少し無理してリッチに……。

終戦後、私達は旧満州から引揚げて来ました。身動き出来ないぎゅうぎゅう詰めの貨車の中で、おしっこを我慢した姉、体が弱くて水筒一つ持てなかった私、お腹を空かせてか細い声で毎日泣いていた妹。

小・中学時代は両親自慢の姉に対して、妹と私はけんかばかりしてましたので、ある日、出張先の父から、二人宛に手紙をもらったことなど、思い出話に笑い転げたり、涙したり。

三姉妹もいつの間にか年を取り、三人三様の人生を頑張ってこられたのも、両親の陰の力だと改めて感謝した一日でした。

翌日は、レンタカーを借りたのですが、おしゃべりばかりで反対方向に走っているのに気付いて、また大笑い。

次回は生まれ故郷の中国・大連に行きたいと願って、帰途に着きました。

**玉造温泉**　奈良時代に開かれ、神代の頃からあったという伝説と神話に包まれた出雲《いずも》の名湯として知られる。ＪＲ伯備線は山陰と山陽を結ぶ主力路線。

# 還暦の祝い

広島県双三郡《ふたみぐん》　迫江美江子《さこえみえこ》（60歳）

主人が一昨年、私が昨年、還暦を迎えた。それぞれ一年前に病気した。しかし、還暦を迎える頃には二人とも元気になっていた。

子供達が還暦を祝ってくれて、家族そろっての初めての温泉旅行へ。

次々と出てくるいっぱいのごちそうに舌つづみ。夢のようだった。

旅行客全員が集《つど》ってのコンベンションホールでの朝食。

「おじいちゃんー、ここよ」と孫が大きな声で手を振っている。

あちこちから「はーい」「おーい」とおじいちゃんたち。

そのあとでみんな、うちのおじいちゃんに一斉に目を向けた。自慢そうな主人の顔。今までの苦労が吹っ飛んだ。私達にも、こんな幸せがやって来た。

# い草王国の正月

岡山県倉敷市《くらしきし》　髙橋加代子《かよこ》（44歳）

三十年以上前、我が家は旧正月を祝っていました。い草王国の岡山の中でも、日本一の三高《さんたか》（倉敷市内の早高《はやたか》、高須賀《たかすが》、帯高《おびたか》の三地区）の一つの当地、高須賀では、十二月、一月は植えつけの真っ最中。三が日といえども作業は休みません。小学生だった私も、元日に火鉢を脇に苗かぎの手伝いをしたことがあります。おやつは、サラリーマンだった伯父がもってきてくれたもちと、みかんを火鉢の網で焼いたもの。旧正月までに植えつけを終わらせ、やっと我が家のもちつきです。くど（かまど）にかけた羽釜《はがま》で蒸したもち米を、臼《うす》と杵《きね》でつく。もちを丸める時は私たち子どもの出番でした。

そんない草王国の当地も、大気汚染、水質汚濁、そして生活の洋式化で、栽培農家もほとんどなくなりました。我が家も数年前、い草をやめました。

# 海に囲まれた町

## ――四国

一歩、足摺岬《あしずりみさき》に近づくと、一歩、水平線が遠のく。

光と光がぶつかる。真白な燈台のまぶしさと海のまぶしさがとけあう。

私は、私の一番果てまで行ってみたかった。

地球の丸さにカーヴした水平線が、びゅゅゅんと笑った。

始まりは終りで、終りは始まりで、一番果てなんてないのさ。

一歩、前に進むと、私の世界は一歩広がる。行き着かない幸せもあると知らない頃の旅。

――﨑　南海子

# 六輔談話

## お遍路の国のもてなし

旅の雑誌の中で、とりあえず売れる特集というのがあって、それは「京都のご案内」と、「軽井沢のご案内」。とりあえずこれが売れる。一方、四国の特集というのはどこで組んでも売れない。なぜか四国は売れません。

四国を代表するものに弘法大師《こうぼうだいし》のお遍路さんというのがあります。お遍路さんが旅をして歩いている四国は、お遍路を迎え入れるというしきたりがあって、旅の人を迎え入れる優しさは昔からあるはずなんです。

そういう優しさや伝統があるはずなのに、こういう言い方をしちゃいけないんですけど、なぜか旅の乗り物でも、ホテルでも、四国というのはサービスがいまひとつなんですね。こうすれば喜ぶだろうという思い込みが、すごく強い。

たとえば高知に行くと、黙って、にんにくとかつおと焼酎が出てきちゃう。松山に行くと、へたするとそうめんばっかり食べるはめになっちゃう。それをみんな喜ぶという勝手な思い込みが、四国くらい強いところはないですね。お遍路さんを迎えてきた長い歴史があるから、こうすれば喜ぶだろうとされているのだろうけれど、今のように趣味も食生活も多様化してしまうと、四国の客の迎え方は今までとは変えていかなくてはいけないという気がします。

そう考えていくと、四国に行く途中だけど、小豆島《しょうどしま》という島がありますが、この島の客の迎え方は、四国とはちょっと違ってこまやかさがあります。

吉田茂はじめ、四国出身の政治家はけっこう多くいますが、彼らは、四国のためになにもしなかった立派な政治家だったということも覚えておかなくてはいけません。

# お遍路して

宮城県松島市　鈴木正弘

雨があがり、雲がわれる。輝く海。銀色の海とエメラルドグリーンの海。
いつのまにか雄大な積雲がその姿をあらわす。
白い雲と白い波。海風にのって黒いアゲハ蝶が目の前を横切る。
横切った瞬間、涙が流れだす。悲しいのでもなければ、嬉しいのでもない。
一週間、どしゃ降りの雨の中を歩きつづけて見た風景。
一週間、さがし求めた風景。
高知県佐賀町白浜の風景。

**追伸**　八月の初旬なのに高知は秋。早場米の稲刈が始まっています。梨も無人販売に登場です。東北で秋に目にするものを今見ています。カルチャーショックです。

## 宇《う》多《た》津《づ》町《ちょう》の交差点で

香川県綾歌郡《あやうたぐん》　池田一朗《いちろう》（30歳）

先日、押しボタン信号で、ボタンを押さずに信号が変わるのを待っている老人を見かけた。ボタンを押していないので、その信号は変わらない。私はその人に気付かれないように、そっとボタンを押してその場を去った。その時は良かったと思っていたが、よくよく考えてみれば、その人はボタンを押さなければ、信号が変わらない事を知らずに横断した訳で、次にあの信号を渡る時もずっと待ち続けるにちがいない。ボタンの存在をちゃんと伝えるまでが親切だったといまさら気が付いた。むずかしいものです。

# 母さんのおにぎり

愛媛県北条市《ほうじょうし》　篠原敬子《けいこ》（47歳）

今まで食べた物で一番おいしかった物は、とたずねられたら、母の作ってくれる、まっ白な俵形のおにぎりと答える。

キャビアも、フォアグラも食べたことのない私だけれど、これは一生変わらないだろうな。中に何か入っているでもなし、特別にいい米、塩を使っているわけでもないけれど、何ともいえず、おいしい。

自分で作った物と、何か一味ちがう。魔法の粉でもかかっているのかな。

私の子供達も、ごはん大好きだけど、どう思ってるかな。コンビニのおにぎりが一番、なんてことないよね。

# 憧れの坊ちゃんの湯

東京都渋谷区《しぶやく》　柴田公代《きみよ》（60歳）

「愛媛県、別子銅山《べっしどうざん》、伊予絣《いよかすり》、いざ湯浴《ゆあ》みせん、道後温泉」関東大震災で焼け出され、初めて田舎に行きました。夜になるとよく地図カルタと云うのが始まりました。学齢前の私には意味も分からず、ひとつ覚えで、ただ、自分の前にある愛媛県の形の札をとっていたのに。

七十年近く経ってせめて一度は、道後温泉に行ってみるべきだと、心はずむ思いがするようになり出しました。

来春にでも友達誘って行くかな。我が家の温泉、一坪のタイルを磨き乍《なが》ら、「いざ湯浴みせん、笹塚温泉」と、にやりとしました。

**伊予絣**　藍と天然藍による染色で、素朴な風合いと手ざわりのよさで知られる愛媛県の特産品。
**別子銅山**　1691年から283年間続いた日本有数の愛媛県の銅山。

# ハウス栽培

徳島県板野郡《いたのぐん》　黒川美矢子《みやこ》（72歳）

「子《ね》年」を六度《むたび》むかえ、七十路《なそぢ》の坂を登りつつある私たち老夫婦。
農を辞め、好きな読書や旅を……と思ったのに、花つくりを始めて五年め。
「趣味と実益を兼ね、そして老化防止のため」にと、カーネーションつくり
に挑戦（?）の欲ばりの二人。
ハウスの中なので冬は寒さ知らず、また、雨にも濡れず。
今、広いハウスは赤・黄・ピンクなど、無数の花が美しく咲き続けている。
母の日ももうすぐ。ラジオを聴きながら、出荷を楽しみに、花の手入れに余
念のない私たち。年齢《とし》のわりに元気なのは、カーネーションつくりのおかげ
かも……。

# この頃のイライラ

徳島県小松島市《こまつしまし》　住村繁男

「アホ、お前が悪い」目いっぱい怒鳴った。「シマッタ」またやった、と反省。この頃、少し「イライラ」しすぎる。漁師になって、もう松井の背番号を過ぎた。自分でも仕事に身体に老いを感じるようになって居るのに、気持がまだなりきれず「年寄りはいやだ、若さがほしい」と、両手を突き上げ身もだえする。まるで駄々っ子だ。そんな私を妻は、淋しそうに見つめて居る。「ドスン」と突き当たるとひょいとかわす。「もう、なにもかもいやだー」と、大の字になると、ふんわり真綿のふとんを着せ掛ける。そんな二人の五十年。今年こそ金婚祝に、どこかゆっくり温泉旅行でもしてみようか？いや、今度も、計画だけの旅行になってしまうだろう、多分。家には夕暮れ時になると淋しがり、妻の姿を追い求める、九十三歳の婆ちゃんが居る。

# 穴吹町《あなぶきちょう》の保存食

徳島県美馬郡《みまぐん》　住友《すみとも》マツヱ（83歳）

ある日、息子が「ばあちゃんが今まで、ゆずみそを毎年作ってくれていたので、今年は自分が作る」と言っていると、およめさんからきく。

思えば、五十年間、夏は梅干し、ラッキョウ。冬はかぶらの三ばい漬け、ゆずみそ。保存食を作るのが楽しみであり、梅干しは娘や姪たちにも喜んでもらい、畠《はたけ》のすみにどれも植えているので便利でもあった。

でも、世代は代わり、いつどこでもなんでも買える世の中。でも、おぼえてくれていて、時々時間がある時は作って味わってくれれば、それでよいと私は思います。

# 鳴門の空

徳島県鳴門市《なるとし》　三木美恵子

夕食の買い物に行くとちゅう、ふと空を見上げると、そこにはもう冬。
不思議なもので、空を見ると、夏には夏の空があり、冬には冬の空がある。
暗い空、雲がながれる寒い空。
冬の夜空はなぜか心をさみしくさせる。
そんな日は、我が家はなぜか鍋をかこむ夕食になります。
心がほっとになるように。

# 春が早く来る町

## ——九州・沖縄

沖縄の宮古島《みやこじま》は風の島。

高い山がないのであばれた台風の瞬間最大風速が八十五メートルの日本一。

いつも島の空には雲が走る。

その島でカミンチュのおばあさんに会った。沖縄の島々の海辺には、御嶽《うたき》といって、神を祀る神聖な場所がある。

その不思議な場で祈る時、おばあさんはふっと未来を見るという。

「人間が汚れてくると、津波や台風よりもっとこわいことがやってくるさ。

だけど風下に逃げてはいけないよ。風の吹いてくる方へむかって進みなさい」

——﨑　南海子

# 六輔談話

## 奄美大島と境界線の意識

九州と沖縄のあいだに奄美大島《あまみおおしま》を中心とする島々があります。どちらの地方に入るかわからない、こういったぬけちゃう場所が実はとても大切です。歌でも染物でも生活習慣でも、その島々を伝わってやってくる。その島のありようがとっても大事だと僕は思っています。薩摩《さつま》絣《かすり》にしても泥染めにしても、鹿児島じゃなくて、あれは全部奄美大島がポイントなんです。

「奄美大島は沖縄県か？　鹿児島県か？　さてみなさんこれどっちの県に入るでしょう？」というクイズをしたら、回答はふたつに割れちゃうと思いますね。

日本人は国境意識がまったくないといわれますが、国境じゃなくて県の境の意識もないような気がします。それが「近畿」であったり「北関東」であったりという言葉の使い方につながってくるんだと思います。このように、普段使っている言葉なのにはっきりとした輪郭が見えず、意味がわからず、具体的な形を知らずに使っている言葉がたくさんあります。

たとえば東京で言えば、千代田区《ちよだく》という区は煙草を吸って歩いていると二千円の罰金をとられます。では、中央区《ちゅうおうく》と千代田区のあいだを煙草を吸いながら歩いていたらどうなるんだろう？　そういうことを考えることが、ヨーロッパや中東の国境意識を理解することにつながると思います。

おはがきを僕と遠藤泰子さんが読む時に、最近のように、町や村の合併が増えてくると、その町がどこの県か分からなくなっちゃう時があるんですね。それぞれの地域の、それぞれの伝統というものを大切にしたいのだったら、まず、地域の境界線をしっかりと持つということ。町の境、県の境、国の境というものにもう一度注目することが大事だと思います。

# 半島の暮し

大分県東国東郡《ひがしくにさきぐん》　青井淑子《よしこ》（45歳）

私は国東《くにさき》半島の田舎町に暮しています。スーパーは車で十分、コンビニは十五分、電車の駅までは四十五分と、とても不便です。でも我が家の目の前は海！　うしろは山！　田んぼも畑もあり、とても自然に恵まれたところです。魚や貝がとれ、たけのこ、しいたけもとれます。お米、麦、大豆、もちろん自家製。地粉《ぢご》でつくったばあちゃんのうどんは、つるつるしてとてもおいしいです。

生まれた時からここで育っている子ども達は、海、山をかけ回ったおかげでとても健康で運動神経もいいほうです。

田舎は不便ですが、いい事もいっぱいあるので、もっと人が住んでほしいと切実に思います。私はここがとても気に入ってます。

## 娘と見た母智丘《もちお》の桜

宮崎県 都城市《みやこのじょうし》 福元 学《まなぶ》（43歳）

平成十一年四月。娘と一度きり一緒に見た母智丘の桜。正にみごとな桜坂でした。翌月、再婚した前妻との話し合いの末、娘は元の大阪へ。

その前の年、私は子育てを生涯の大仕事と腹に決め、両親の郷里であるここ都城へ。わずか一年ほどの責任重大な、でもとても楽しい暮らしであった。

時間とは本当に人の心をいやしてくれる。

こちらの大自然の中で娘とシャッターに収めた花が咲くたびに、泣いている自分がいた。頭では理解できていても身体がそうでない日々が続いた。最近ようやく、大阪での娘の育ちを心から応援できる自分がいる。

今年あたりは一人きりでもあの桜坂へ行けそうだ。

# 英彦山川《ひこさんがわ》のメダカ掬い

福岡県北九州市《きたきゅうしゅうし》　溝辺英子《みぞべひでこ》（62歳）

妹夫婦の誘いを受け、英彦山川へメダカを掬いに行った。四人の年齢を合計するとなんと二百六十歳。水遊びに来ている子供達の目にどう映ったことやら。恥かしさも時間もすっかり忘れ、夢中でゆるやかな川の流れに足を入れる。幼い頃、四国の山奥へ疎開していた私には、童謡を口ずさんだ時のような懐かしい哀愁が蘇った。

昔のメダカはのんびりしていたのだろう。網の代わりのタオルを拡げておけばいくらでも入った。現代っ子のメダカはオジさん、オバさんをからかうようにスイスイと逃げ廻る。ようやく水たまりに取り残された赤ちゃんメダカを救命目的で捕えてきた。今、我が家の水鉢で、衣食住の心配もなく優雅に暮している睫毛《まつげ》ほどの小さな生物に、大の大人が柔順にお仕えしている。

# 麦こがしのにおい

佐賀県唐津市《からつし》　辻《つじ》　眞砂子《まさこ》（70歳）

もうそろそろ麦の収穫も始まる頃でしょうか。この時期になると、三十年前に長男が通っていた山の分校のことを思い出します。三年生の頃だったか、「先生からもらったよ」と麦こがしを持って、学校から帰りました。聞けば国語の授業で香ばしいと云う言葉をおそわり、その教材に麦こがしを子供達に配られたとのことでした。先生の機転のきいた教え方が嬉しく、とても感心したものです。今ではあまり味わえない麦こがしの香ばしさと、廃校になった分校、そしてクラス七人の子供達がなつかしく思い出されます。

## 本当の暗闇

大分県豊後《ぶんご》高田市《たかだし》の消印

小学校一年の時から三十数年の東京暮し。街には、街灯が照らされ人や車も通っている。それは当り前のことのようにあった。

でも、昨年移り住んだ市街から離れたこの地では、陽が沈むと外はまっ暗。

夜七時三十分頃、用事があって自転車で小学校へ。外はまだ明るい。

九時、小学校の門を出る時、外はまっ暗。自転車の灯りを頼りに自転車をこぐが、ゆるい下り坂はこわい。

東京育ちの私、こんな体験いままであったかしら……。皆が乗っている車が後から近づいてくると、ヘッドライトが明るくて助かる。

静かでまっ暗な中に自分だけ。暗闇をこんなに怖がるなんて。

でも、また自転車で行こうかな。貴重な体験。

# 日本縦断強行軍

東京都渋谷区　甘利千枝子《あまりちえこ》（70歳）

強行軍の旅をしました。以前東京から青森まで一、二一七キロを走った私達は、今度は九州へ。九州への近道は、神戸から、淡路島、橋を渡って、四国の西の岬よりフェリーで九州の臼杵《うすき》です。阿蘇の今やブームの黒川温泉まで、九七〇キロでした。七十歳のおじさんが一人で運転するのですから、私達も一睡もしないでお付き合いです。この旅の難点は、私が行きたいと願っている所へは行けない事です。球磨川《くまがわ》へ行きたい。五木村《いつきむら》へ行きたい。カットです。友人は柳川《やながわ》へ行きたい。これもカット。ひたすら、おじさんの行きたい所だけが観光場所です。「口惜しかったら、免許取れよ」とおじさん。「もう一緒に行ってやらない」と言いながら、二十歳の時に始まったお付き合いはもう五十年。来年はどこへ。やっぱり寝る時間には寝る旅をしたいです。

# ここは別府

大分県別府市《べっぷし》　石川郁枝《いくえ》（52歳）

娘と二人で歩いて十五分の共同温泉に行く。

日頃はもっと近くの温泉に、思い思いの時間に別々に行く。

十五分先の共同温泉に行った帰り道、必ず娘が「あー、この温泉はいいなぁー」と感嘆する。

米の味がわからぬ娘が、温泉はわかるらしい。くやしいが、私の皮膚は何にも感じてくれない。

共同温泉では大正時代のレトロな雰囲気が、温泉のわかる娘と、米の味ならわかる母親を、やさしくつつんでくれる。

# 農家に嫁いで

鹿児島県薩摩郡《さつまぐん》　松山まち子（52歳）

わが家にも義姉《ねえ》さんと共同で米を作っている田んぼがある。あたりまえのことかも知れませんが、米を収穫するには、種まきから始まり、収穫するまで農家の人たちでないと分からない苦労も数多くあります。

嫁いで初めて田んぼにヒエ取りに行った時のこと。かいがいしく働いている私を見て亡き姑さんが笑顔で一言。

「まち子さん、向き不向きがあるから、もう昼だし、先に帰ってお茶わかしといてくれんネ」「はあ」と私。

実はヒエと思って抜いていたのは、稲穂だったのです。あれから三十年。いまだにお茶の世界です。

# 精霊《しょうりょう》流し

佐賀県唐津市　村川昭人《あきと》（59歳）

八月に入ると我が家の玄関にも家紋付きの提灯《ちょうちん》を提げ、迎え火に備えます。赤と黒の家紋は裏おもてに付いていて、精霊送りを境に、それ迄の赤から黒を表向きにするのです。

母の初盆は阪神大震災の翌年でした。沖合いで、従兄弟の漁船から降ろされた二艘《そう》の精霊船。小さい方が母の船で、大工上がりの叔父を始め、子、孫、曾孫《ひまご》総出で仕上げたものでした。しばらく漁船を離れようとしなかった母の船は、やがて親を追う子犬のように村の船に続きました。

淡い提灯の光で、漆黒の闇に浮かび上がった二艘の精霊船が、油凪《あぶらなぎ》の水面をうこん色に染めて、ゆらゆらと西方の海を目指し行く光景が、この時期になると鮮やかに蘇るのです。

# 方言のぬくもり

大分県別府市　中野朋子《ともこ》（58歳）

「なんでん、かんでん言うちみい」

仏の里、大分県豊後高田市《ぶんごたかだし》の名物行事「方言まるだし弁論大会」は町おこし、村おこしのユニークな催し。今年で十八回目。弁士の層も幅広く、涙が出るほど、笑わされ、心の中まで洗われる思いがした。

今まで忘れ去られた、また、忘れ去られようとしている方言のぬくもりと、ふるさとを愛する人たちに、笑顔と心にいっぱいのおみやげをもらいました。

また来年もおもしりぃ話をいっぱい聞かしちょくれな！

楽しみにしちょるでー。

**方言まるだし弁論大会**　毎年秋に開催され、北海道から沖縄まで、各地の代表が、それぞれのお国言葉で日ごろ思っていることや、自慢話を披露。卓越した方言による個性あふれる語りが人気を博し、年々聴衆が増えている。

# 宮崎の冬

宮崎県東諸県郡《ひがしもろかたぐん》　井手久子《いでひさこ》（54歳）

宮崎でもこんなに寒くなるのかと思うくらい、背中がゾクゾク、長靴の底が冷たい。「あたりがうす暗くなったようだな」、お父さんがみかんちぎりの手を休めてそう言った。パラッパラッと白い物がおちてきた。「あら！　雪だ！」急にみかんが冷たく感じた。

「杉の葉を集めて手をぬくめんと寒か……」次男が火を付けている。宮崎でもこんげ寒いから、東北のほうはもっと寒いじゃろね……。犬も火がほしいのか、喜んでしっぽをふりふりやってきた。犬をなでてやると、クゥン、クゥンと甘えるようになく。

このみかんちぎりが終わったら、次は、日向夏《ひゅうが》みかんだな……。手を温めながら、どこまでも続くお父さんの作業日誌が始まった。

## 奄美大島《あまみおおしま》の郵便局

鹿児島県大島郡《おおしまぐん》　柴田勝家《かついえ》（52歳）

近くの郵便局へ行った時、中年の婦人が局留めの便りを受け取りに来た。局員が、本人であることを証明するものはないかと言うと、婦人はバッグのなかを調べるが、いくら探しても証明するものが見つからない。すると、局内を清掃していた婦人が「あら！　○○さん、ひさしぶりね、元気？」と声を掛けた。

すかさず、私が「顔パスですね」と言葉を添えて、一件落着。

# 美《ちゅ》ら島《しま》の心

山口県下関市《しものせきし》　畑間《はたま》　操《みさお》（40歳）

沖縄への旅。ずっと以前から憧れだった沖縄第一ホテルに宿泊。沖縄のお香と月桃紙《げっとうし》に出会い、「平和の礎《いしじ》」にだけは行ってみたかった。壺屋《つぼや》のやちむん（やきもの）通りでは、骨壺屋《こっとうや》さんとは知らず、入って話し込んでしまった。私が月桃の花が好きだと言うと、庭に咲いていると、一枝折ってくれた。時期はずれの月桃の花は、ホテルの部屋で私と会話する。「悲しくなったら、また、来ればいいさぁ」と言ってくれた人。沖縄の人は、美ら島そのもの。また、「ただいまーっ」と帰りたい。

「美ら島の　心に吹く風　月桃香《か》」

# さとうきびの笑み

沖縄県宮古郡《みやこぐん》　多良間和代《たらまかずよ》（35歳）

沖縄は年あけて、さとうきび収穫の真っ只中。それぞれの畑では、休日ともなれば老若男女で賑わい、ふだんの日は年老いた夫婦の姿が寒さのなかに哀れに思える今日この頃。機械化の進むなか、自分で植えたキビは自分の手で刈り取らねばと、収穫まで約一年半、干魃《かんばつ》の兆しがあればタンクを運び散水、台風が近づくとあれば倒れまいと結わえたり……畑の管理に精を出している両親は、今どきの若者には真似のできない労働を、幾年も続けてきた。七十歳間近の両親の生活の糧《かて》、さとうきび。その収穫終了の満足した破顔一笑が、今年ももうすぐ見られる。

本書はＴＢＳラジオ「永六輔の『誰かとどこかで』」に寄せられたおたよりをもとに構成、編集いたしました。

はがきの宛先は
〒１０７—８０６６　ＴＢＳラジオ「誰かとどこかで」〈七円の唄〉

## 「誰かとどこかで」の旅

遠藤泰子

列車に乗る二十分前に駅に着いたとしたら、貴方はその時間をどう過ごすだろうか？　私の場合「二十分しかない」とまず思う。迷わず駅の土産物屋を覗き、化粧室に寄り、早めにホームに行き列車を待つ。

しかし、「誰かとどこかで」の旅は違った。永さんは、まず「二十分もある」と考える。次に「この近くに面白い店ある？」「そこまで何分かかる？」「じゃあ五分で行って、五分見て、五分で戻ろう、そうすれば乗るまでに五分も余裕がある」と言うや否や歩き出すのである。私達はひたすらついていくだけ。私達がボーッと店を覗《のぞ》いている間に永さんは向こう三軒両隣まで取材を済ませ「さあ戻ろう！」。またまた私達は小走りに追いかける。こうして時間を最大限有効に使った五分間見聞録は次々と永さんのノートに書き込まれていったのである。私のノートは……いつも白いままだった。

「一道一都二府四十三県全部行った事があるの」と私が言うと、友人達は「方向音痴の貴女が？」と目を丸くする。だが確かに行ってない場所はないのだ。日本列島くまなく旅をしている。その殆《ほとん》どは「誰かとどこかで」の旅。番組が始まって十年程はよく旅をした。では「さぞかし日本全国に詳しいのでしょうね？」と問われれば、私の答えは「いいえ」。永さんの後姿をただただ追いかけていた旅だったからである。しかし七円の唄に寄せられる北から南からのお葉書を目にすると、かつて歩いた町や駅や港が不思議と思い出される。その土地の空気や人との繋がりで地図を彩る事はいまだに出来ないけれど、日本列島をお葉書を頼りに縁取る事は出来るようになった。

# 時の旅人

崎　南海子

佐渡島《さどがしま》の鈍色《にびいろ》の空の下、古い商店通りの低い屋根をごおっと風が過ぎる。たくさんの鬼が髪をふりみだし、大太鼓をどどどんと打つ。大地を伝わって響きは私の足元からはいあがり、全身の細胞をゆらした。それは伝統芸能の鬼太鼓《おんでこ》で、三十数年前の脳に刻まれた風景である。そばに永さんと泰子さん、デンスケ（録音機）をかかえた橋本ディレクターがいた。

知らない町へ行くのは子供の頃から好きだったが、仕事という意識をカバンにつめての旅は「誰かとどこかで」が始まりだった。北海道から沖縄まで、その頃はよく旅をしていた。私は、出会った町を詩に表わすのが役目である。

今回の〈七円の唄〉の本は、日本列島を北から南へたどる構成にしたので、毎日はがきの唄を選びながら、さまざまな町を思い出していた。

旅する時、永さんは私たちに（特に一番若輩の私に）、いつも何かを見せようとしてくれていたと思う。たとえば復帰直前（一九七二年）の沖縄では、「初めて来た人は南部の戦跡めぐり」と永さんの声。泰子さんと私は、ひめゆりの塔から始まって、岩壁のこげた火災放射器の跡や島民が隠れたガマ（洞窟）の前にたたずむ。案内のタクシーの運転手さんの「十二歳の女の子が水汲みにきて、ここで銃に撃たれて」と、ひとつひとつの話を聞きながら、戦争の影のなかへ踏み込んでいった。

痛みと不思議な魅力を持つこの島を、ずっと見続けたいと、私が沖縄へ通うようになったのもこの旅が源となっている。

ひょんなことから、ラジオで詩を書くようになった大学生の私は仕事の核もまだなく、ただ役目を果すのにひっしだった頃。そんな私に、永さんはけして口には出さなかったが、「ちゃんと見なさい。自分なりの見る力を持ちなさい」と言っていたのだと思う。それにしても、日本三大旅人の永さんが案内してくれるぜいたくな旅。あの頃の私のアンテナの許容量がもっとあったらなぁと残念で、もったいなかったと悔しくなってくるのである。

そのうち、ラジオとテレビのドキュメントや雑誌の紀行文のために、私一人の旅が始まった。

春近いある日、新潟県・六日町《むいかまち》で越後上布《えちごじょうふ》(手の枝で作る麻布)の糸を紡ぐ人を訪ねた。麻糸には湿気が必要なので、七十代のおばあさんたちは、それぞれの農家の北側の雪の残る納屋で仕事をしていた。

突然の訪問者が名乗るのに、「はーい、なみこちゃんね、早くおはいり」と、おばあさんは青空がぱっと広がるいい顔で笑った。すべてを受け入れてあるがまま存在するという笑顔に、私はうたれた。どのおばあさんも同じだった。

糸を紡ぎ続けて隣町の温泉より遠くへ行ったことのない彼女たちは、ユーモアと人間的魅力にあふれていた。その頃、二十代半ばの私は、地球をめぐり見聞を広めて我が世界を確立するぞと、意気込んでいた。けれどおばあさんたちは小さな町の隅に座ったまま、自由自在の心でおおらかに存在する地球人だった。まいりました。でも私は私の方法で進むしかない。そしていつか私の一番いい顔で笑おうと誓ったのだった。

あれからずいぶんと旅をした。

時々、おばあさんたちの笑顔を思う。そして、後から来る人に、どれだけ見せられるものがあるんだろうと考える。

人は誰でも〝時の旅人〟である。たんたんと同じに見える生活の日々も、中身はいつも新しくざわめいて生きたい。〈七円の唄〉もいつも同じでありながら常に新しく進んでいきたい。旅とラジオと本でめぐりあえたすべてに感謝しながら。

## 「誰かとどこかで」全国放送時間一覧表

| 地区 | 局名 | 略称 | 放送時間(月ー金) |
|---|---|---|---|
| 北海道 | 北海道放送 | ＨＢＣ | 11：35〜11：45 |
| 青森 | 青森放送 | ＲＡＢ | 11：15〜11：25 |
| 岩手 | ＩＢＣ岩手放送 | ＩＢＣ | 11：25〜11：35 |
| 秋田 | 秋田放送 | ＡＢＳ | 09：20〜09：30 |
| 山形 | 山形放送 | ＹＢＣ | 11：25〜11：35 |
| 宮城 | 東北放送 | ＴＢＣ | 11：40〜11：50 |
| 福島 | ラジオ福島 | ＲＦＣ | 11：10〜11：20 |
| 山梨 | 山梨放送 | ＹＢＳ | 11：05〜11：15 |
| 長野 | 信越放送 | ＳＢＣ | 10：50〜11：00 |
| 関東 | 東京放送 | ＴＢＳ | 11：35〜11：45 |
| 静岡 | 静岡放送 | ＳＢＳ | 11：00〜11：10 |
| 愛知 | 中部日本放送 | ＣＢＣ | 10：48〜10：58 |
| 富山 | 北日本放送 | ＫＮＢ | 10：50〜11：00 |
| 石川 | 北陸放送 | ＭＲＯ | 10：00〜10：10 |
| 福井 | 福井放送 | ＦＢＣ | 11：20〜11：30 |
| 岡山 | 山陽放送 | ＲＳＫ | 10：00〜10：10 |
| 広島 | 中国放送 | ＲＣＣ | 11：10〜11：20 |
| 山口 | 山口放送 | ＫＲＹ | 11：35〜11：45 |
| 徳島 | 四国放送 | ＪＲＴ | 11：05〜11：15 |
| 福岡 | ＲＫＢ毎日放送 | ＲＫＢ | 09：26〜09：36 |
| 長崎 | 長崎放送 | ＮＢＣ | 11：20〜11：30 |
| 大分 | 大分放送 | ＯＢＳ | 10：25〜10：35 |
| 宮崎 | 宮崎放送 | ＭＲＴ | 11：20〜11：30 |
| 鹿児島 | 南日本放送 | ＭＢＣ | 13：15〜13：25 |
| 沖縄 | 琉球放送 | ＲＢＣ | 10：30〜10：40 |

2003年４月現在

**永 六輔**——えい・ろくすけ

東京・浅草生まれ。放送作家。相変わらずの旅暮し。初めての町に着いたら必ず絵はがきを買いに行く。はがきのよさはなんと言ってもあのスペース。字を書くにも、絵を書くにもちょうどいい。最近絵はがきが売られていることが少ないのはよほど売れないのか……？〈七円の唄〉を読み続けて三十年。だんだんロレツがまわらなくなってきた。泰子さんもロレツがまわらなくなってきたらやめなくちゃいけないと思いつつ、「誰かとどこかで」は今年、一万回をむかえる。

**﨑 南海子**——さき・なみこ

東京・本郷生まれ。詩人、放送作家。見知らぬ町へ行く旅が好き。初めての町を訪れると必ず行く場所は市場。はがきはオープンで、遊び心があって、陽気なところが好き。〈七円の唄〉は、はがきという窓から、さまざまな人生の劇場を見ているよう。それぞれの時代を反映しながらも、小さなことで喜んだり、悲しんだり。時代が変わっても、人々の心の動きは変わらないとわかる。「誰かとどこかで」は、もはや、生活のリズム。ここまできたら、できるところまで続けたい。

**遠藤 泰子**——えんどう・やすこ

横浜生まれ。TBS入社ののち、フリーアナウンサーとなる。プライベートな旅は、好きな人たちと好きな場所へ。とことんわがままな旅にしたい。忘れられない風景は、ハワイ・マウイ島のハレアカラ火山から見た初日の出。神々しいとは、まさにこういうことかと。はがきのよさは、ほどよい大きさ、ほどよい文字の量、ほどよい情報量。ほどのよさが好き。「人は師なり」というけれど、まさに「はがきは師なり」。〈七円の唄〉からたくさんのことを教えられた。

永六輔の「誰かとどこかで」

# 北から、南から

二〇〇三年四月二十五日　初版第一刷発行

編著者——永六輔・﨑南海子・遠藤泰子

発行者——原雅久

発行所——株式会社 朝日出版社

〒一〇一—〇〇六五

東京都千代田区西神田三—三—五

電話〇三—三二六三—三三二一

http://www.asahipress.com

印刷・製本——凸版印刷株式会社

## 〈七円の唄〉の本

### 『七円の唄 誰かとどこかで 生きているということは』

永六輔、﨑南海子、遠藤泰子編

「生きているということは誰かに借りをつくること、生きていくということはその借りを返していくこと」はがきのなかに込められた人生を読んでください。

———永六輔

B6変型版・定価1200円（税込）

### 『七円の唄 誰かとどこかで ことづて』

永六輔、﨑南海子、遠藤泰子編

「おばあちゃん、かぶと虫おくって！」見ず知らずの男の子からの間違い電話。「お母さんの手が一番あたたかい」お舅さんの一言。見つかりにくいものを見つける。感じにくいことを感じる。小さな幸せのヒントがつまっています。———永六輔

B6変型版・定価1200円（税込）

### 『七円の唄 誰かとどこかで めぐりあい』

永六輔、﨑南海子、遠藤泰子編

「別れ」ということは、逆にいえばそれは「出会い」ということ。別れないことには会えないし、会ったら別れなきゃいけないし。そして、誰しも忘れられない出会いと別れがあります。

———永六輔

B6変型版・定価1200円（税込）